TRANZLATY

El idioma es para todos

Språk är till för alla

Las Aventuras de Alicia en el País de las Maravillas

Alices Äventyr i Underlandet

Lewis Carroll

Español / Svenska

Published by Tranzlaty

ISBN: 978-1-83566-872-6

Original text: Alice's Adventures in Wonderland
by Lewis Carroll (1865)

Abridged by Sam'l Gabriel Sons (1916)

www.tranzlaty.com

Por la madriguera del conejo
ner i kaninhålet

Alicia empezaba a cansarse mucho
Alice började bli väldigt trött
Estaba sentada junto a su hermana en el banco de hierba
Hon satt bredvid sin syster på gräsvallen
Pero ella no tenía nada que hacer
Men hon hade inget att göra
Su hermana estaba leyendo un libro
Hennes syster läste en bok
una o dos veces Alicia echó un vistazo al libro
en eller två gånger kikade Alice in i boken
Pero el libro no contenía imágenes ni conversaciones
Men boken innehöll inga bilder eller konversationer
«¿De qué sirve un libro sin imágenes?», pensó Alicia
"Vad är det för mening med en bok utan bilder?", tänkte Alice
"¿Por qué un libro no tendría conversaciones?"
"Varför skulle en bok inte ha några samtal?"
Pero tenía otras cosas que considerar
Men hon hade annat att tänka på
"Hacer una cadena de margaritas sería un placer"
"Att göra en kedja av prästkragar skulle vara ett nöje"

"¿Pero vale la pena el esfuerzo de levantarse y recoger las margaritas?"
"Men är det värt besväret att gå upp och plocka prästkragarna??"
No era tan fácil pensar en esto
Det var inte så lätt att tänka på
porque el día la estaba haciendo sentir somnolienta y estúpida
För dagen fick henne att känna sig sömnig och dum
Pero de repente sus pensamientos se vieron interrumpidos
Men plötsligt avbröts hennes tankar
un conejo blanco de ojos rosados corrió cerca de ella
en vit kanin med rosa ögon sprang tätt intill henne

No había nada demasiado notable en el conejo
Det var inget överdrivet märkvärdigt med kaninen
y Alicia tampoco pensó que el conejo fuera notable
och Alice tyckte inte heller att kaninen var märkvärdig
ni le extrañó que el Conejo hablara
Inte heller förvånade det henne när Kaninen talade
"¡Oh, Dios mío! ¡Llegaré demasiado tarde!", se dijo a sí mismo
"Kära nån! Jag kommer för sent!» sade han till sig själv
pero entonces el Conejo hizo algo que los conejos no hacían

men sedan gjorde Kaninen något som kaniner inte gjorde
el Conejo sacó un reloj del bolsillo de su chaleco
Kaninen tog upp en klocka ur västfickan
Miró la hora y luego se apresuró a seguir adelante
Han tittade på klockan och skyndade sedan vidare
Alicia se puso en pie, asombrada
Alice reste sig förvånat
¡Nunca antes había visto un conejo con chaleco!
Hon hade aldrig sett en kanin med väst förut!
¡Tampoco había visto nunca un conejo con reloj!
Inte heller hade hon någonsin sett en kanin med en klocka!
Alicia ardía con una nueva curiosidad
Alice brann av en ny nyfikenhet
y corrió por el campo tras el Conejo
och hon sprang över fältet efter kaninen
Llegó justo a tiempo para ver desaparecer al conejo
Hon hann precis i tid för att se kaninen försvinna
El conejo saltó a una gran madriguera
Kaninen hoppade ner i ett stort kaninhål
¡En otro momento, Alicia bajó detrás del conejo!
I ett annat ögonblick sprang Alice efter kaninen!
La madriguera del conejo seguía recto como un túnel
Kaninhålet gick rakt fram som en tunnel
Y el túnel siguió avanzando a cierta distancia
Och tunneln fortsatte en bit
Y entonces el camino de repente se hundió
Och så dök stigen plötsligt ner
Alicia no tuvo ni un momento para pensar en detenerse
Alice hade inte en sekund att tänka på att hejda sig
Se encontró a sí misma cayendo y abajo y abajo
Hon kom på sig själv med att falla ner och ner och ner
Parecía como si hubiera caído en un pozo muy profundo
Det såg ut som om hon hade fallit ner i en mycket djup brunn
O el pozo era muy profundo, o ella caía muy lentamente
Antingen var brunnen mycket djup, eller så föll hon mycket
långsamt
porque tenía tiempo de sobra para caer

för hon hade gott om tid att falla
Mientras caía, podía mirar a su alrededor
När hon föll kunde hon se sig omkring
Primero, trató de averiguar a dónde iba
Först försökte hon ta reda på vart hon var på väg
Pero el pozo estaba demasiado oscuro para ver nada
Men brunnen var för mörk för att man skulle kunna se något
Luego miró a los lados del pozo
Sedan tittade hon på brunnens sidor
Y se dio cuenta de que había armarios a su alrededor
Och hon lade märke till att det fanns skåp runt omkring henne
y alrededor del pozo había estanterías de libros
Och runt omkring brunnen fanns bokhyllor
Aquí y allá veía mapas y cuadros colgados de perchas
Här och där såg hon kartor och bilder upphängda på nypor
Al pasar, bajó un frasco de una de las estanterías
Hon tog ner en burk från en av hyllorna när hon gick förbi
El frasco estaba etiquetado por su contenido
Burken var märkt för sitt innehåll
"MERMELADA DE NARANJAS"
"MARMELAD GJORD PÅ APELSINER"
Pero, para su gran decepción, el frasco de mermelada estaba vacío
Men till hennes stora besvikelse var marmeladburken tom
No quería dejar caer el tarro de mermelada vacío
Hon ville inte tappa den tomma marmeladburken
y su caída fue muy lenta
och hennes fall gick mycket långsamt
Así que se las arregló para poner el frasco de mermelada en uno de los armarios
Så hon lyckades ställa in marmeladburken i ett av skåpen
¡Abajo, abajo, abajo, ella cae!
Ner, ner, ner faller hon!
¿Llegaría alguna vez la caída a su fin?
Skulle hösten någonsin ta slut?
No había nada más que hacer
Det fanns inget annat att göra

así que Alicia pronto empezó a hablar consigo misma
så Alice började snart prata med sig själv
—¡Dinah me echará mucho de menos esta noche, creo!
"Dina kommer att sakna mig väldigt mycket i kväll, kan jag tro!"
Dinah era la gata de Alicia
Dinah var Alices katt
"Espero que se acuerden de su plato de leche a la hora del té"
"Jag hoppas att de kommer ihåg hennes fat med mjölk när det är dags för te"
—¡Dinah, querida, desearía que estuvieras aquí abajo conmigo!
"Dinah, min kära, jag önskar att du var här nere med mig!"
Alicia sintió que se estaba quedando dormida
Alice kände att hon slumrade till
Y de repente, ¡pum! ¡golpe!
Och så plötsligt, duns! dunka!
Cayó sobre un montón de palos
Hon föll ner på en hög med pinnar
y aterrizó sobre un montón de hojas secas
och hon landade på en hög med torra löv
Y finalmente la larga caída por el agujero había terminado
Och till slut var det långa fallet ner i hålet över
Alicia no estaba herida en lo más mínimo
Alice var inte ett dugg skadad
Y se levantó de un salto en un momento
Och hon hoppade upp inom ett ögonblick
Alzó la vista, pero todo estaba oscuro sobre su cabeza
Hon tittade upp, men det var alldeles mörkt ovanför henne
Frente a ella había otro largo pasillo
Framför henne fanns en annan lång korridor
y el Conejo Blanco seguía a la vista
och den vita kaninen var fortfarande i sikte
Corría por el pasillo
Han skyndade sig genom korridoren
No había un momento que perder
Det fanns inte ett ögonblick att förlora

Alicia salió corriendo como el viento
Alice sprang iväg som vinden
A la vuelta de la esquina giró el conejo
runt hörnet vände kaninen
Llegó justo a tiempo para oír al conejo
Hon hann precis i tid för att höra kaninen
"Oh, mis orejas y bigotes"
"Åh, mina öron och polisonger"
"¡Qué tarde se está haciendo!"
"Vad sent det blir!"
Estaba muy cerca del conejo
Hon var tätt bakom kaninen
Dobló otra esquina
Hon svängde runt ett hörn
pero el Conejo ya no se dejaba ver
men Kaninen syntes inte längre till
Se encontró en un pasillo largo y bajo
Hon befann sig i en lång, låg hall
La sala estaba iluminada por una hilera de lámparas de techo
Salen lystes upp av en rad taklampor
Había puertas por todo el pasillo
Det fanns dörrar runt om i korridoren
pero todas las puertas estaban cerradas con llave
men alla dörrar var låsta
Caminó por un lado del pasillo
Hon gick hela vägen ner på ena sidan av korridoren
Y ella había caminado todo el camino hasta el otro lado de la sala
Och hon hade gått hela vägen upp på andra sidan korridoren
Había intentado todas las puertas
Hon hade provat varje dörr
Y caminó tristemente por el centro del pasillo
Och hon gick sorgset mitt i korridoren
"¿Cómo voy a volver a salir?"
"hur ska jag någonsin kunna ta mig ut igen?"

De repente se encontró con una mesita
Plötsligt kom hon fram till ett litet bord
La mesa estaba hecha completamente de vidrio macizo
Bordet var helt och hållet tillverkat av massivt glas
No había nada sobre la mesa, excepto una pequeña llave dorada
Det fanns inget annat på bordet än en liten gyllene nyckel
¡La llave podría pertenecer a una de las puertas!
Nyckeln kan tillhöra en av dörrarna!
Pero, ¡ay! Algunas de las cerraduras eran demasiado grandes para las llaves
Men, tyvärr! En del av låsen var för stora för nycklarna
y para las otras cerraduras la llave era demasiado pequeña
Och till de andra låsen var nyckeln för liten
Pero, en cualquier caso, la llave no abrió ninguna de las puertas
Men nyckeln öppnade i alla fall ingen av dörrarna
Pero, ¿qué iba a hacer ella?
Men vad skulle hon göra?
Volvió a atravesar el pasillo
Hon gick genom hallen igen
Y esta vez se fijó en una cortina baja
Och den här gången lade hon märke till en låg gardin
Detrás de la cortina había una puertecita

Bakom gardinen fanns en liten dörr
La puerta tenía unos quince centímetros de alto
Dörren var omkring femton tum hög
Probó la pequeña llave dorada en la cerradura
Hon provade den lilla guldnyckeln i låset
Y para su gran deleite, ¡la llave encajó en la cerradura!
Och till hennes stora glädje passade nyckeln i låset!
Alicia abrió la puerta
Alice öppnade dörren
Y encontró que la puerta daba a un pequeño pasillo
Och hon fann att dörren ledde in i en liten korridor
El corredor no era mucho más grande que una madriguera de ratas
Korridoren var inte mycket större än ett råtthål
Se arrodilló y miró a lo largo del pasillo
Hon gick ner på knä och såg sig omkring i korridoren
Y ella vio el jardín más hermoso que jamás hayas visto
Och hon såg den vackraste trädgård du någonsin sett
¡Cómo anhelaba salir de ese oscuro salón
Vad hon längtade efter att få komma ut ur den mörka salen
cómo quería vagar entre esas flores brillantes
hur hon ville vandra bland de ljusa blommorna
¡Qué genial se veían esas fuentes
hur svala, uppfriskande de där fontänerna såg ut
Pero ni siquiera podía meter la cabeza por la puerta
Men hon kunde inte ens få in huvudet genom dörröppningen
-¡Oh! -exclamó Alicia con tristeza-
»Åh», sade Alice sorgset
"¡Cómo desearía poder plegarme como un telescopio!"
"vad jag önskar att jag kunde fälla ihop som ett teleskop!"
"Creo que podría plegarme como un telescopio"
"Jag tror att jag skulle kunna vika ihop mig som ett teleskop"
"Si supiera cómo empezar"
"om jag bara visste hur jag skulle börja"
Alicia volvió a la mesa
Alice gick tillbaka till bordet
Existía la posibilidad de encontrar otra llave

Det fanns en chans att hitta en annan nyckel
O podría haber un libro de reglas
eller så kan det finnas en bok med regler
El libro podría decirle cómo plegarse como un telescopio
Boken kunde tala om för henne hur hon skulle fälla ihop sig
som ett teleskop
Esta vez encontró una botellita
Den här gången hittade hon en liten flaska
—Esta botella no estaba aquí antes —dijo Alicia—
"Den här flaskan har verkligen inte funnits här förut", sa Alice
**y atada alrededor del cuello de la botella había una etiqueta
de papel**
Och runt flaskans hals hängde en pappersetikett
La etiqueta estaba bellamente impresa en letras grandes
Etiketten var vackert tryckt med stora bokstäver
"BÉBEME"
"DRICK MIG"
—No, miraré primero —dijo ella—
"Nej, jag ska titta först", sa hon
"Veré si la botella está marcada como venenosa o no"
"Jag ska se om flaskan är märkt som giftig eller inte"
porque nunca olvidó la lección sobre el veneno
För hon glömde aldrig läxan om gift
**"Si una botella está etiquetada como venenosa, es probable
que no esté de acuerdo contigo"**
"Om en flaska är märkt som giftig kommer den garanterat inte
att hålla med dig"
Sin embargo, esta botella no estaba marcada como venenosa
Denna flaska var dock inte märkt som giftig
así que Alicia se aventuró a probar el contenido de la botella
så Alice vågade sig på att smaka på innehållet i flaskan
Encontró el líquido bastante de su agrado
Hon tyckte att vätskan var helt i hennes smak
La bebida tenía una especie de sabor mezclado
Drycken hade en slags blandad smak
tarta de cerezas, natillas y piña
Körsbärstårta, vaniljsås och ananas

Pavo asado, caramelo y tostadas con mantequilla caliente
Stek kalkon, kola och rosta med varmt smör
Y pronto acabó la botella
Och hon drack snart upp flaskan
-¡Qué sensación tan curiosa! -exclamó Alicia-
"Vilken märklig känsla!" sa Alice
"¡Me estoy pliegando como un telescopio!"
"Jag viker ihop mig som ett teleskop!"
¡Y se estaba pliegando como un telescopio!
Och hon vek ihop sig som ett teleskop faktiskt!
Ahora solo medía diez pulgadas de alto
Hon var nu bara tio centimeter hög
y su rostro se iluminó con sus pensamientos
och hennes ansikte lyste upp vid hennes tankar
Ahora ella tenía el tamaño adecuado para la pequeña puerta
Nu hade hon rätt storlek för den lilla dörren
Ahora podía entrar en ese hermoso jardín
Nu kunde hon gå ut i den vackra trädgården
Pronto dejó de hacerse más pequeña
Snart slutade hon att bli mindre
Decidió ir al jardín de inmediato
Hon bestämde sig för att genast gå ut i trädgården
pero, ¡ay de la pobre Alicia!
men, ack för stackars Alice!
Llegó a la puerta
Hon kom fram till dörren
Pero había olvidado la pequeña llave de oro
Men hon hade glömt den lilla gyllene nyckeln
Volvió a la mesa en busca de la llave
Hon gick tillbaka till bordet för att hämta nyckeln
Pero se dio cuenta de que no podía llegar lo suficientemente alto
Men hon upptäckte att hon inte kunde nå tillräckligt högt
Podía ver la llave claramente a través del cristal
Hon kunde se nyckeln helt klart genom glaset
Trató de trepar por las patas de la mesa
Hon försökte klättra upp på bordsbenen

Pero el cristal era demasiado resbaladizo
Men glaset var alldeles för halt
Con el tiempo se cansó de intentarlo
Till slut tröttade hon ut sig själv med att försöka
Y la pobre niña se sentó y lloró
Och den stackars lilla flickan satte sig ner och grät
Alicia se habló a sí misma con bastante brusquedad
Alice talade ganska skarpt till sig själv
"¡Vamos, no sirve de nada llorar así!"
"Kom, det är ingen idé att gråta så där!"
"¡Te aconsejo que te detengas ahora mismo!"
"Jag råder dig att sluta nu!"
En general, se daba muy buenos consejos
Hon gav i allmänhet sig själv mycket goda råd
aunque muy rara vez seguía sus propios consejos
även om hon mycket sällan följde sina egna råd
Y a veces era demasiado dura consigo misma
Och ibland var hon för hård mot sig själv
y sus palabras hicieron que se le llenaran los ojos de lágrimas
Och hennes ord fick henne att få tårar i ögonen
Pronto sus ojos se posaron en una cajita de cristal
Snart föll hennes blick på en liten glaslåda
La cajita de cristal estaba debajo de la mesa
Den lilla glaslådan låg under bordet
En la caja de cristal había un pastel muy pequeño
I glaslådan låg en mycket liten tårta
En el pastel, algunas palabras estaban bellamente escritas
På tårtan var några ord vackert skrivna
Las palabras habían sido marcadas con grosellas
Orden hade markerats med vinbär
"CÓMEME"
"ÄT MIG"
—Bueno, me comeré el pastel —dijo Alicia—
"Nåja, jag äter kakan", sa Alice
"y si el pastel me hace crecer, puedo llegar a la llave"
"och om kakan får mig att bli större, kan jag nå nyckeln"

"y si el pastel me hace más pequeño, puedo arrastrarme por debajo de la puerta"

"och om kakan får mig att bli mindre kan jag krypa in under dörren"

"así que de cualquier manera me meteré en el jardín"

"så hur som helst kommer jag in i trädgården"

"¡Y no me importa cuál de los dos suceda!"

"och jag bryr mig inte om vilket av de två som händer!"

Se comió un pedacito del pastel

Hon åt en liten bit av kakan

Y se habló a sí misma con ansiedad:

Och hon talade ängsligt till sig själv:

—¿De qué manera? ¿Hacia dónde?

"Åt vilket håll? Åt vilket håll?"

Y se llevó la mano a la cabeza

Och hon höll handen på huvudet

Quería sentir de qué manera estaba creciendo

Hon ville känna åt vilket håll hon växte

Se sorprendió bastante al descubrir lo que había sucedido

Hon blev ganska förvånad när hon fick reda på vad som hade hänt

¡Había permanecido del mismo tamaño!

Hon hade förblivit lika stor!

Así que esta vez redobló sus esfuerzos

Så den här gången fördubblade hon sina ansträngningar

Y pronto terminó todo el pastel

Och snart hade hon ätit upp hela tårtan

-¡Esto se está poniendo cada vez más interesante! -exclamó
Alicia-

"Det här blir mer och mer intressant!" utbrast Alice

Se puede ver que estaba muy sorprendida

Du kan se att hon blev mycket förvånad

**"¡Me estoy abriendo como el telescopio más grande que
jamás haya existido!"**

"Jag öppnar upp som det största teleskop som någonsin
funnits!"

—¡Adiós, pies! ¡Oh, mis pobres piecitos!

»Farväl, fötter! O, mina stackars små fötter"

**"Me pregunto quién se pondrá sus zapatos por ustedes
ahora, queridos".**

"Jag undrar vem som ska ta på sig skorna åt dig nu, mina
kära?"

—¿Y me pregunto quién se pondrá las medias?

"Och jag undrar vem som ska sätta på dig strumporna?"

"Estaré demasiado lejos"

"Jag kommer att vara alldeles för långt borta"

"No podré preocuparme más por ti"

"Jag kommer inte att kunna bekymra mig om dig längre"

Justo en ese momento su cabeza golpeó contra algo

Just i detta ögonblick slog hennes huvud mot något

Había llegado al techo de la sala

Hon hade nått upp till taket på salen

De hecho, ahora medía más de dos metros de altura

I själva verket var hon nu mer än två meter lång

Y al instante tomó la pequeña llave de oro

Och hon tog genast upp den lilla gyllene nyckeln

Y se apresuró a llegar a la puerta del jardín

Och hon skyndade bort till trädgårdsdörren

¡Pobre Alicia! No había mucho que pudiera hacer

Stackars Alice! Det var inte mycket hon kunde göra

Se acostó de lado

Hon lade sig på ena sidan

Y miró al jardín con un ojo
Och hon såg ut i trädgården med ena ögat
Pero salir adelante era más desesperado que nunca
Men att ta sig igenom var mer hopplöst än någonsin
Se sentó y comenzó a llorar de nuevo
Hon satte sig ner och började gråta igen
Siguió derramando galones de lágrimas
Hon fortsatte att fälla litervis med tårar
Pronto había un gran estanque a su alrededor
Snart fanns det en stor pöl runt omkring henne
Y el agua llegaba hasta la mitad del pasillo
och vattnet nådde halvvägs genom korridoren
Al cabo de un rato, oyó un pequeño golpeteo de pies
Efter en stund hörde hon ett litet trampande av fötter
Oyó los pasos que venían de lejos
Hon hörde fötterna komma på avstånd
Y se secó los ojos apresuradamente para ver lo que venía
Och hon torkade hastigt sina ögon för att se vad som skulle
komma
Era el Conejo Blanco que regresaba
Det var den vita kaninen som återvände
Iba espléndidamente vestido
Han var praktfullt klädd
Tenía un par de guantes blancos en una mano
Han hade ett par vita handskar i ena handen
y tenía un gran abanico de plumas en la otra mano
och han hade en stor fjädersolfjäder i den andra handen
Llegó trotando a toda prisa
Han kom travande med stor brådska
y murmuró para sí: "¡Oh! ¡La duquesa, la duquesa!
och han mumlade för sig själv: "Åh! hertiginnan, hertiginnan!"
—¡Oh! ¡No será salvaje si la he hecho esperar!
"Åh! skulle hon inte vara vild, om jag har låtit henne vänta!»

Cuando el Conejo se acercó a ella, Alicia habló
När kaninen kom nära henne talade Alice
Pero ella hablaba en voz baja y tímida
Men hon talade med låg, skygg röst
"Señor, por favor, deje de hacer lo que está haciendo por un momento"
"Sir, snälla sluta med det du håller på med för ett ögonblick"
El Conejo se sobresaltó violentamente
Kaninen ryckte till våldsamt
Dejó caer los guantes blancos y el abanico de plumas
Han tappade de vita handskarna och fjäderfläkten
Y se escabulló en la oscuridad lo más rápido que pudo
Och han skyndade bort in i mörkret så fort han kunde
Alicia recogió el abanico de plumas y los guantes
Alice plockade upp fjäderfläkten och handskarna
Y no paraba de abanicarse mientras seguía hablando
Och hon fläktade sig medan hon fortsatte att prata
"¡Querido, querido! ¡Qué extraño es todo hoy!"
"Kära, kära! Så konstigt allt är idag!"
"Ayer las cosas siguieron como siempre"

"Igår rullade det på precis som vanligt"
—¿Era yo el mismo cuando me levanté esta mañana?
"Var jag likadan när jag steg upp i morse?"
"Pero si no soy el mismo, hay otra cuestión"
"Men om jag inte är densamma är det en annan fråga"
"¿Quién demonios soy yo?"
"Vem i hela världen är jag?"
"¡Ah, ese es el gran rompecabezas!"
"Ah, det är det stora pusslet!"
Al decir esto, se miró las manos
När hon sade detta, såg hon ned på sina händer
Llevaba uno de los Conejos, gusanos blancos
Hon hade på sig en av kaninens små vita handskar
No se había dado cuenta de que se había puesto el guante mientras hablaba
Hon hade inte märkt att hon tog på sig handsken medan hon pratade
"¿Cómo pude haber hecho eso?", pensó
"Hur kan jag ha gjort det?" tänkte hon
"Debo estar haciéndome pequeño otra vez"
"Jag måste bli liten igen"
Se levantó y se acercó a la mesa para medir su altura
Hon reste sig och gick fram till bordet för att mäta sin längd
Descubrió que ahora medía aproximadamente medio metro de altura
Hon fann att hon nu var ungefär en halv meter lång
Y ella seguía encogiéndose rápidamente
Och hon krympte fortfarande snabbt
Pronto descubrió cuál era la causa del encogimiento
Hon fick snart reda på vad orsaken till krympningen var
¡El abanico de plumas la estaba haciendo más pequeña de nuevo!
Fjäderfläkten gjorde henne mindre igen!
Y dejó caer el abanico de plumas apresuradamente
Och hon tappade fjädersolfjädern hastigt
Dejó caer el abanico de plumas justo a tiempo para salvarse
Hon tappade fjäderfläkten precis i tid för att rädda sig själv

Si se hubiera abanicado por más tiempo, se habría encogido por completo

Hade hon fläktat sig längre hade hon helt och hållet dragit sig undan

-¡Ha sido una fuga por los pelos! -dijo Alicia-

"Det var med nöd och näppe som kom undan!" sa Alice

Y se asustó mucho ante el cambio repentino

Och hon blev en hel del skrämd av den plötsliga förändringen

pero estaba muy contenta de encontrarse todavía en existencia

Men hon var mycket glad över att finna sig själv fortfarande i livet

—¡Y ahora, al jardín!

"Och nu bär det av till trädgården!"

Y corrió a toda prisa hacia la puertecita

Och hon sprang med full fart tillbaka till den lilla dörren

Pero, ¡ay! La puertecita se cerró de nuevo

Men, tyvärr! Den lilla dörren stängdes igen

Y la pequeña llave de oro volvía a estar sobre la mesa de cristal

Och den lilla guldnyckeln låg åter på glasbordet

"Las cosas están peor que nunca", pensó el pobre niño

"Det är värre än någonsin", tänkte det stackars barnet

"Nunca antes había sido tan pequeño como esto, ¡nunca!"

"Jag har aldrig varit så här liten förut, aldrig!"

Al decir estas palabras, su pie resbaló

När hon sade dessa ord, halkade hennes fot

¡Y en otro momento hubo un gran chapoteo!

Och i ett annat ögonblick hördes ett stort plask!

Estaba sumergida en agua salada hasta la barbilla

Hon var upp till hakan i saltvatten

Su primera idea fue que de alguna manera había caído al mar

Hennes första tanke var att hon på något sätt hade fallit i havet

Sin embargo, pronto se dio cuenta de en qué estaba metida

Men hon insåg snart vad hon gav sig in på

Estaba en un charco de lágrimas
Hon låg i en pöl av tårar
las lágrimas que había llorado cuando tenía dos metros de altura
Tårarna hon hade gråtit när hon var två meter lång

Justo en ese momento escuchó algo
Just då hörde hon något
Algo chapoteaba en la piscina
Något plaskade omkring i poolen
El chapoteo venía de un poco más lejos
Plaskandet kom en bit bort
Y se acercó nadando para ver qué era el chapoteo
Och hon simmade närmare för att se vad det var för plaskande
Pronto vio que era solo un ratoncito
Hon såg snart att det bara var en liten mus
El ratoncito también se había metido en el agua
Den lilla musen hade också halkat i vattnet
Alicia pensó para sí misma sobre la situación
Alice tänkte för sig själv över situationen
—¿Serviría de algo hablar con este ratón?

"Skulle det tjäna något till att tala med den här musen?"
"Aquí todo está tan al revés"
"Allt är så upp och ner här nere"
"Creo que es muy probable que este ratón pueda hablar"
"Jag skulle tro att det är mycket troligt att den här musen kan prata"
"En cualquier caso, no hay nada de malo en intentarlo"
"Det skadar i alla fall inte att försöka"
Así que empezó a tratar de hablar con el ratón
Så hon började försöka prata med musen
"Oh Ratón, ¿conoces la forma de salir de esta piscina?"
"Åh mus, vet du vägen ut ur den här poolen?"
—¡Estoy muy cansado de nadar por aquí, oh ratón!
"Jag är väldigt trött på att simma omkring här, Åh mus!"
El ratón la miró con curiosidad
Musen tittade frågande på henne
El ratón parecía guiñar un ojo con uno de sus ojitos
Musen tycktes blinka med ett av sina små ögon
Pero el ratoncito no dijo nada
Men den lilla musen sa ingenting
"A lo mejor el ratón no entiende inglés", pensó Alicia
"Musen kanske inte förstår engelska", tänkte Alice
"Me atrevo a decir que es un ratón francés"
"Jag vågar påstå att det är en fransk mus"
"tal vez este ratón vino con Guillermo el Conquistador"
"kanske kom den här musen över med Vilhelm Erövraren"
Así que empezó de nuevo, en francés
Så började hon igen, på franska
"¿Dónde está mi gato?", preguntó en francés
"Var är min katt?" frågade hon på franska
era la primera frase de su libro de clases de francés
det var den första meningen i hennes franska lektionsbok
El Ratón dio un súbito salto fuera del agua
Musen gjorde ett plötsligt språng upp ur vattnet
y el ratón pareció temblar de miedo
och musen tycktes darra i hela kroppen av skräck
-¡Oh, le ruego que me perdone! -exclamó Alicia

apresuradamente-
»Åh, jag ber om ursäkt!» utbrast Alice hastigt
Temía haber herido los sentimientos del pobre animal
Hon var rädd att hon hade sårat det stackars djurets känslor
"Olvidé que no te gustaban los gatos"
"Jag glömde helt bort att du inte gillade katter"
—¡No me gustan los gatos! —exclamó el ratón con voz estridente y apasionada—
"Jag tycker inte om katter!" skrek musen med gäll, lidelsefull röst
—¿Te gustaría tener gatos, si fueras yo?
"Skulle du vilja ha katter, om du var jag?"
Alicia consoló al ratón en un tono tranquilizador
Alice tröstade musen i en lugnande ton
"Bueno, tal vez a mí tampoco me gustarían los gatos si fuera tú"
"Nja, jag kanske inte skulle tycka om katter om jag var du heller"
"Por favor, no te enfades por la mención de los gatos"
"Snälla, bli inte arg när katter nämns"
"Y, sin embargo, desearía poder mostrarte a nuestra gata Dinah"
"Och ändå önskar jag att jag kunde visa dig vår katt Dinah"
"Si la conocieras, creo que te encapricharías de los gatos"
"om du träffade henne tror jag att du skulle fatta tycke för katter"
"Si tan solo pudieras verla"
"Om du bara kunde se henne"
"Es una cosa tan querida y tranquila"
"Hon är en så kär och tystlåten sak"
El ratón temblaba por todas partes
Musen skakade i hela kroppen
Alicia estaba segura de que el ratón debía de estar realmente ofendido
Alice kände sig säker på att musen verkligen måste ha tagit illa upp
"No hablaremos más de ella, si prefieres no hacerlo"

"Vi kommer inte att prata om henne mer, om du inte vill det"
-¡Nosotros, en efecto! -exclamó el Ratón-
»Ja, vi!« ropade musen
El ratón temblaba hasta la punta de la cola
Musen darrade ända ner till svansspetsen
—¡Como si fuera a hablar de un tema así!
"Som om jag skulle vilja tala om ett sådant ämne!"
"Nuestra familia siempre odió a los gatos"
"Vår familj har alltid hatat katter"
"Gatos; ¡Cosas desagradables, bajas, vulgares!"
"katter; otäcka, låga, vulgära saker!"
"¡No dejes que vuelva a escuchar el nombre!"
"Låt mig inte höra namnet igen!"
-¡No volveré a hablar de los gatos! -dijo Alicia-
"Jag tänker inte nämna katter igen!" sa Alice
Tenía mucha prisa por cambiar de tema
Hon hade väldigt bråttom att byta ämne
"¿Eres tú... ¿Te gustan los perros?
"Är du... Är du förtjust i hundar?"
"Hay un perrito tan simpático cerca de nuestra casa"
"Det finns en så snäll liten hund i närheten av vårt hus"
—¡Me gustaría enseñarte el perrito!
"Jag skulle vilja visa dig den lilla hunden!"
"Este perrito mata a todas las ratas y...
"Den här lilla hunden dödar alla råttor och...
-¡Oh, querida! -exclamó Alicia en tono triste-
»Åh, kära du!« utbrast Alice i sorgsen ton
"¡Me temo que te he ofendido de nuevo!"
"Jag är rädd att jag har förolämpat dig igen!"
El ratón se alejaba nadando de ella tan rápido como podía
Musen simmade bort från henne så fort den kunde
y el ratón hizo un gran alboroto en la piscina
och musen gjorde en hel del uppståndelse i poolen
Así que llamó suavemente al ratón
Så hon ropade mjukt efter musen
"¡Mi querido ratón, por favor vuelve!"
"Min kära mus, snälla kom tillbaka!"

"Y no hablaremos de gatos"
"Och vi ska inte prata om katter"
"Y tampoco tenemos que hablar de perros"
"Och vi behöver inte prata om hundar heller"
Cuando el ratón escuchó esto, se dio la vuelta
När musen hörde detta vände den sig om
Y el ratoncito nadó lentamente de regreso a ella
och den lilla musen simmade sakta tillbaka till henne
La cara del ratón estaba bastante pálida
Musens ansikte var ganska blekt
Y el ratón habló, en voz baja y temblorosa
Och musen talade med låg, darrande röst
"Vamos a la orilla"
"Låt oss komma till stranden"
"y luego te contaré mi historia"
"och sedan ska jag berätta min historia för dig"
"y entenderás por qué odio a los gatos y a los perros"
"och du kommer att förstå varför jag hatar katter och hundar"
Ya era hora de partir
Det hade blivit hög tid att ge sig av
porque la piscina se estaba llenando bastante
eftersom poolen började bli ganska trångt
Otros pájaros y animales habían caído en el estanque
Andra fåglar och djur hade fallit i dammen
había un pato y un dodo
det fanns en anka och en dront
y había un pájaro lori y un aguilucho
och där var en Lory bird och en Eaglet
Y había varias otras criaturas de aspecto interesante
Och det fanns flera andra intressanta varelser
Alicia abrió el camino para salir de la piscina
Alice visade vägen ut ur poolen
Y todo el grupo de animales nadó hasta la orilla
Och hela sällskapet av djur simmade till stranden

Una carrera de caucus y una larga cola
En caucus race och en lång svans

De hecho, eran un grupo de animales de aspecto gracioso
De var verkligen ett lustigt gäng djur
Y todos se reunieron a la orilla del agua
Och de församlade sig alla på stranden,
Todos los pájaros tenían las plumas desaliñadas
Fåglarna hade alla slitna fjädrar
y los animales peludos estaban empapados
och de lurviga djuren var genomblöta
y todos estaban empapados, molestos e incómodos
och alla var drypande våta, irriterade och obekväma

Había una pregunta que había que responder primero
Det fanns en fråga som måste besvaras först
¿Cuál es la mejor manera de que todos se sequen?
Vilket är det bästa sättet för alla att bli torra?
Tuvieron una consulta sobre este asunto
De hade ett samråd om denna fråga
Pronto todos se sintieron en términos familiares
Snart var de alla på förtrolig fot

Era como si los conociera de toda la vida

Det var som om hon hade känt dem i hela sitt liv

El ratón parecía ser una persona de cierta autoridad

Musen verkade vara en person med någon auktoritet

"¡Siéntense todos y escúchenme!

"Sätt er ner, allesammans, och lyssna på mig!

"¡Pronto los volveré a secar!"

"Jag ska snart torka er igen!"

Se sentaron todos a la vez, en un gran círculo

De satte sig alla ner på en gång, i en stor ring

y el ratoncito se sentó en el medio

och den lilla musen satt i mitten

—¡Ejem! —dijo el ratón con aire importante—

"Hm!" sa musen med en viktig min

"¿Están todos listos?"

"Är ni redo?"

"Esto es lo más seco que conozco"

"Det här är det torraste jag vet"

—¡Silencio por todas partes, por favor!

"Tystnad runt omkring, om ni vill!"

"Guillermo el Conquistador fue favorecido por el Papa"

"Vilhelm Erövraren gynnades av påven"

"pero pronto fue sometido por los ingleses"

"men engelsmännen underkastade sig honom snart"

"Últimamente querían líderes"

"De ville ha ledare på sistone"

"Y se habían acostumbrado al poder y a la conquista"

"Och de hade vant sig vid makt och erövring"

"Edwin y Morcar, los condes de Mercia y Northumbria"

"Edwin och Morcar, earlerna av Mercia och Northumbria"

—¡Uf! —exclamó el pájaro lori con un escalofrío—

»Usch!» sade lorifågeln med en rysning

"e incluso Stigand, el patriota arzobispo de Canterbury"

"och till och med Stigand, den patriotiske ärkebiskopen av Canterbury"

"A él también le pareció aconsejable"

"Han tyckte också att det var tillrådligt"

-¿Qué le pareció aconsejable? -dijo el pato-
»Vad tyckte han var rådligt?» sade ankan
—Le pareció aconsejable —replicó el ratón con cierto enfado—
"Han tyckte att det var rådligt", svarade musen lite tvärt.
Pero el pato no estaba satisfecho
Men ankan var inte nöjd
"Por supuesto, ya sabes lo que significa"
"Självklart vet du vad 'det' betyder"
—Sé lo que es cuando encuentro una cosa —dijo el pato—
"Jag vet vad det är när jag hittar något", sa ankan
"Generalmente es una rana o un gusano"
"Det är i allmänhet en groda eller en mask"
"La pregunta es, ¿qué encontró el arzobispo?"
"Frågan är vad ärkebiskopen hittade?"
El ratón no se dio cuenta de esta pregunta
Musen märkte inte denna fråga
En cambio, el ratón continuó apresuradamente con el discurso
I stället fortsatte musen hastigt med talet
"le pareció aconsejable ir con Edgar Atheling"
"han fann det rådligt att följa med Edgar Atheling"
"para encontrarme con Guillermo y ofrecerle la corona"
"för att möta Vilhelm och erbjuda honom kronan"
el ratón continuó, volviéndose hacia Alicia mientras hablaba
fortsatte musen och vände sig mot Alice medan den talade
—¿Cómo te va ahora, querida?
"Hur står det till nu, min kära?"
—Tan mojado como siempre —dijo Alicia en tono melancólico—
"Lika våt som alltid", sa Alice i melankolisk ton
"Esta historia no parece que me seque en absoluto"
"Den här historien verkar inte torka mig alls"
—En ese caso —dijo solemnemente el dodo, poniéndose en pie—
»I så fall», sade dronten högtidligt och reste sig
"Voto que se levante la sesión"

"Jag röstar för att sammanträdet ajourneras"
"y propongo la adopción inmediata de remedios más enérgicos"
"och jag föreslår ett omedelbart antagande av mer energetiska botemedel"
—¡Di palabras de verdad! —dijo el aguilucho—
»Tala med riktiga ord!» sade örnen
"No conozco el significado de la mitad de esas palabras largas"
"Jag vet inte vad hälften av de där långa orden betyder"
—¡Y, lo que es más, tampoco creo que tú lo sepas!
"Och vad mera är, jag tror inte att du vet det heller!"
—Lo que iba a decir —dijo el dodo en tono ofendido—
»Vad jag tänkte säga», sade dronten i förnärmad ton
"Lo mejor para deshacernos sería una contienda electoral"
"Det bästa sättet att få oss torra skulle vara ett caucus-race"
—¿Qué es una contienda electoral? —preguntó Alicia
»Vad är ett caucus-race?» sade Alice

—Bueno —dijo el dodo—, la mejor manera de explicarlo es hacerlo.

"Nåväl", sa dronten, "det bästa sättet att förklara det är att göra det"

"Primero el dodo trazó un hipódromo"

"Först stakade dronten ut en kapplöpningsbana"

"La pista estaba en una especie de círculo"

"Banan gick i en slags cirkel"

"Y luego todo el grupo se colocó a lo largo del recorrido"

"Och sedan placerades hela sällskapet längs banan"

No hubo "¡Uno, dos, tres y fuera!"

Det fanns inget "Ett, två, tre och iväg!"

pero empezaron a correr cuando quisieron

Men de började springa när de ville

Y también terminaban cuando querían

Och de gick också i mål när de ville

Así que no era fácil saber cuándo había terminado la carrera

Så det var inte lätt att veta när loppet var över

Después de media hora más o menos de correr, todos estaban bastante secos

Efter en halvtimmes löpning var de alla ganska torra

el dodo gritó de repente: "¡La carrera ha terminado!"

dronten ropade plötsligt: "Loppet är över!"

Y todos se agolparon alrededor del dodo

Och de trängdes alla runt dronten

Todos los animales jadeaban y resoplaban

Alla djuren flämtade och pustade

y todos querían saber: "¿Pero quién ha ganado?"

Och de ville alla veta: "Men vem har vunnit?"

El dodo no pudo responder de inmediato a esta pregunta

Denna fråga kunde dronten inte omedelbart besvara

Primero tuvo que pensar mucho

Till att börja med var han tvungen att tänka en hel del

Después de pensarlo mucho, el Dodo finalmente habló

Efter mycket funderande tog dronten till slut till orda

"Todos han ganado y todos deben tener premios"

"Alla har vunnit, och alla måste ha priser"

"¿Pero quién va a dar los premios?", preguntó un coro de voces

"Men vem är det som ska dela ut priserna?" frågade en kör av röster

—Bueno, ella, por supuesto —dijo el dodo—

»Ja, ja, hon förstås«, sade dronten

y el dodo señaló con un dedo a Alicia

och dronten pekade med ett finger på Alice

y todo el grupo de animales se agolpó a su alrededor

och hela skaran av djur skockade sig omkring henne

gritaron, de manera confusa: "¡Premios! ¡Premios!"

De ropade på ett förvirrat sätt: "Priser! Priser!"

Alicia no tenía ni idea de qué hacer

Alice hade ingen aning om vad hon skulle göra

Desesperada, se metió la mano en el bolsillo

I förtvivlan stack hon handen i fickan

Y sacó una caja de dulces

och hon tog fram en ask med godis

Por suerte, el agua salada no había entrado en la caja

Som tur var hade inte saltvattnet kommit in i lådan

Y repartió los dulces como premios

Och hon räckte fram godiset som priser

Había exactamente una pieza para todos

Det fanns exakt ett stycke för alla

Lo siguiente que tenían que hacer era comer los dulces

Nästa sak de var tvungna att göra var att äta godiset

Esto causó algo de ruido y confusión

Detta orsakade en del oväsen och förvirring

Los grandes pájaros se quejaban de que no podían saborear sus dulces

De stora fåglarna klagade över att de inte kunde smaka på deras sötsaker

Los pequeños se ahogaron y hubo que darles palmaditas en la espalda

De små kvävdes och fick klappas på ryggen

Sin embargo, al fin se acabó

Men till slut var det över

y se sentaron de nuevo en un anillo
Och de satte sig åter ned i en ring
Y le rogaron al ratón que les dijera algo más
och de bad musen att berätta något mer för dem
—Prometiste contarme tu historia, ¿sabes? —dijo Alicia—
"Du lovade att berätta din historia för mig, förstår du", sa Alice
E hizo otro pequeño comentario sobre los gatos en un susurro
Och hon fällde en viskande liten kommentar om katter
No quería volver a ofender al ratón
Hon ville inte förolämpa musen igen
el ratoncito se volvió hacia Alicia y suspiró
den lilla musen vände sig mot Alice och suckade
—¡La mía es una larga y triste historia!
"Min är en lång och sorglig historia!"
—Es una cola larga, sin duda —dijo Alicia—
»Det är verkligen en lång svans», sade Alice
Y miró con asombro la cola del ratón
Och hon tittade förundrat ner på musens svans
—¿Pero por qué le llamas cola triste?
"Men varför kallar du det en sorglig svans?"
Y ella seguía desconcertada al respecto mientras el ratón hablaba
Och hon fortsatte att grubbla över det medan musen talade
de modo que su idea del cuento era más o menos así
så att hennes föreställning om sagan var ungefär så här

Furia le dijo a un ratón: "Que se encontró en la casa"
Raseri sade till en mus: "Att han träffades i huset"
Vayamos los dos a la ley: yo te procesaré
Låt oss båda gå till domstol: Jag kommer att åtala dig
Vamos, no aceptaré ninguna negación: debemos tener el juicio
Kom, jag skall icke taga någon förnekelse: Vi måste ha rättegången
Porque realmente esta mañana no tengo nada que hacer
För den här morgonen har jag verkligen ingenting att göra
Dijo el ratón al cur;
Sa musen till curen;

**Un juicio así, querido señor, sin jurado ni juez, sería una
pérdida de aliento**
En sådan rättegång, min bäste herre, utan jury eller domare
skulle vara att slösa bort vår andedräkt
—Seré juez, seré jurado —dijo el astuto viejo Fury—
»Jag skall vara domare, jag skall vara jury», sade den listige
gamle Fury
Juzgaré toda la causa y te condenaré a muerte
Jag ska pröva hela saken och döma dig till döden
el ratón le habló severamente a Alicia
musen talade strängt till Alice
"¡No estás prestando atención!"
"Du är inte uppmärksam!"
—¿En qué estás pensando?
"Vad tänker du på?"
**—Le ruego que me perdone —dijo Alicia muy
humildemente—**
"Jag ber om ursäkt", sade Alice mycket ödmjukt
—¿Habías llegado a la quinta curva, creo?
»Du hade kommit till femte kurvan, tror jag?»
"¡Me insultas diciendo tales tonterías!"
"Du förolämpar mig genom att prata sådant nonsens!"
Y el ratón se levantó y se alejó
och musen reste sig och gick iväg
Alicia llamó al ratoncito
Alice ropade efter den lilla musen
"¡Por favor, regresa y termina tu historia!"
"Snälla, kom tillbaka och avsluta din berättelse!"
Y todos los demás se unieron a coro
Och alla de andra stämde in i kör
"¡Sí, por favor, termine su historia!"
"Ja, snälla, avsluta din berättelse!"
Pero el ratón se limitó a negar con la cabeza con impaciencia
Men musen skakade bara otåligt på huvudet
Y el ratoncito caminó un poco más rápido
och den lilla musen gick lite fortare
—¡Ojalá tuviera aquí a Dinah, nuestra gata! —dijo Alicia—

"Jag önskar att jag hade Dinah, vår katt, här!" sa Alice
Esto causó una notable sensación entre el grupo
Detta väckte en märklig sensation i partiet
Algunos de los pájaros se apresuraron a huir de inmediato
Några av fåglarna skyndade genast iväg
y un canario gritó con voz temblorosa a sus hijos;
och en kanariefågel ropade med darrande röst till sina barn;
—¡Váyanse, queridos míos!
"Kom bort, mina kära!"
"¡Ya es hora de que estén todos en la cama!"
"Det är hög tid att ni alla lägger er i sängen!"
Con varias excusas se fueron todos
Med olika ursäkter gick de alla sin väg
y Alicia no tardó en quedarse sola
och Alice blev snart lämnad ensam
—¡Ojalá no hubiera mencionado a Dinah!
"Jag önskar att jag inte hade nämnt Dina!"
"Parece que a nadie le gusta aquí abajo"
"Ingen verkar tycka om henne här nere"
—¡Pero estoy seguro de que es la mejor gata del mundo!
"men jag är säker på att hon är den bästa katten i världen!"
La pobre Alicia se echó a llorar de nuevo
Stackars Alice började gråta igen
porque se sentía muy sola y desanimada
för att hon kände sig väldigt ensam och nedstämd
Al cabo de un rato, sin embargo, volvió a oír algo
Men om en liten stund hörde hon åter något
un pequeño golpeteo de pasos a lo lejos
lite smattrande av fotsteg i fjärran
Y ella miró hacia arriba ansiosamente
Och hon såg ivrigt upp

El conejo manda al pequeño Sr. Bill
Kaninen skickar in lille herr Bill

Era el conejo blanco, que volvía trotando lentamente
Det var den vita kaninen som långsamt travade tillbaka igen
Miraba a su alrededor ansiosamente mientras se alejaba
Han såg sig ängsligt omkring där han gick
Parecía como si hubiera perdido algo
Han såg ut som om han hade förlorat något
Alicia le oyó murmurar para sí misma
Alice hörde honom muttra för sig själv
—¡La duquesa! ¡La duquesa! ¡Oh, mis queridas patas!
"Hertiginnan! Hertiginnan! Åh, mina kära tassar!"
—¡Oh, mi pelo y mis bigotes!
"Åh, min päls och mina polisonger!"
"Ella hará que me ejecuten, estoy seguro de eso"
"Hon kommer att avrätta mig, det är jag säker på"
—¡Tan cierto como que los hurones son hurones!
"Lika säkert som att illrar är illrar!"
"¿Dónde puedo haber dejado mis cosas, me pregunto?"
"Var kan jag ha lämnat mina saker, undrar jag?"

Alicia adivinó en un momento lo que estaba buscando
Alice gissade genast vad han letade efter
Buscaba el abanico de plumas
Han letade efter fjäderfläkten
Y buscaba el par de guantes blancos
Och han letade efter ett par vita handskar
Así que ella, muy bondadosamente, comenzó a buscar los guantes
Så hon började mycket godmodigt leta efter handskarna
Y también buscó el abanico de plumas
Och hon letade efter fjäderfläkten också
Pero los guantes y el abanico de plumas no se veían por ninguna parte
Men handskarna och fjäderfläkten syntes inte till någonstans
Todo parecía haber cambiado desde que se bañó en la piscina
Allt verkade ha förändrats sedan hon simmade i poolen
Nada era igual desde que estaba en el Gran Salón
Ingenting var sig likt, sedan hon hade varit i den stora salen
y la mesa de cristal había desaparecido
och glasbordet var försvunnet
Y la puertecita tampoco estaba allí
Och den lilla dörren fanns inte där heller
Muy pronto el conejo se fijó en Alicia
Mycket snart lade kaninen märke till Alice
—la llamó en tono airado
ropade han till henne i arg ton
—Mary Ann, ¿qué haces aquí?
"Mary Ann, vad gör du här ute?"
"Corre a casa en este momento"
"Spring hem nu"
—¡Y tráeme un par de guantes y un abanico de plumas!
"Och hämta ett par handskar och en fjäderfläkt!"
—¡Y date prisa!
"Och skynda dig!"
Alicia se habló a sí misma mientras salía corriendo
Alice talade för sig själv när hon sprang iväg

—¡Debe de haberme confundido con su criada!
»Han måtte ha misstagit mig för sin husjungfru!»
"¡Qué sorpresa se quedará cuando se entere de quién soy!"
"Vad förvånad han kommer att bli när han får reda på vem jag
är!"
Al decir esto, se encontró con una casita pulcra
När hon sade detta, kom hon till ett prydligt litet hus
En la puerta de la casa había una placa de bronce brillante
På dörren till huset satt en blank mässingsplatta
"W. CONEJO"
"W. KANIN"
Entró sin llamar a la puerta
Hon gick in utan att knacka på dörren
Y se apresuró a subir las escaleras
Och hon skyndade sig rakt uppför trappan
le preocupaba conocer a la verdadera Mary Ann
hon oroade sig för att hon skulle träffa den riktiga Mary Ann
porque entonces la echarían de la casa
För då skulle hon bli utvisad ur huset
Y no sería capaz de encontrar el abanico de plumas y los
guantes
Och hon skulle inte kunna hitta fjäderfläkten och handskarna
Alicia había encontrado el camino hacia una pequeña
habitación ordenada
Alice hade letat sig in i ett prydligt litet rum
En la habitación había una mesa junto a la ventana
I rummet stod ett bord vid fönstret
y sobre la mesa había un abanico de plumas
och på bordet stod en fjäderfjäder
Y había dos o tres pares de diminutos guantes blancos
Och där fanns två eller tre par små vita handskar
Cogió el abanico de plumas y un par de guantes
Hon plockade upp fjäderfläkten och ett par av handskarna
Y estaba a punto de salir de la habitación
Och hon var just på väg att lämna rummet
Pero entonces sus ojos se posaron en una botellita
Men så föll hennes blick på en liten flaska

Descorchó la botella y se la llevó a los labios
Hon korkade upp flaskan och förde den till sina läppar
"Espero que me haga crecer de nuevo"
"Jag hoppas verkligen att det ska få mig att bli stor igen"
"¡Estoy cansada de ser una cosita tan pequeña!"
"Jag är trött på att vara en så liten, liten sak!"
Alicia apenas se había bebido la mitad de la botella
Alice hade knappt druckit upp halva flaskan
Su cabeza ya estaba presionada contra el techo
Hennes huvud var redan pressat mot taket
Y tuvo que agacharse
och hon var tvungen att böja sig ner
para salvar su cuello de ser roto
för att rädda hennes nacke från att brytas
Dejó apresuradamente la botella
Hon ställde hastigt ifrån sig flaskan
"Con eso basta"
"Det räcker gott och väl"
"Espero no crecer más"
"Jag hoppas att jag inte växer längre"
¡Ay! ¡Era demasiado tarde para desearlo!
Tyvärr! Det var för sent att önska det!
Ella siguió creciendo y creciendo
Hon fortsatte att växa och växa
y muy pronto tuvo que arrodillarse en el suelo
Och mycket snart var hon tvungen att falla på knä på golvet
Y aun así siguió creciendo
Och även då fortsatte hon att växa
Como último recurso, sacó un brazo por la ventana
Som en sista utväg stack hon ut ena armen genom fönstret
Y metió un pie por la chimenea
Och hon satte ena foten upp i skorstenen
"Ahora no puedo hacer más, pase lo que pase"
"Nu kan jag inte göra mer, vad som än händer"
—¿Qué será de mí?
"Vad ska det bli av mig?"

Alicia tuvo un poco de suerte
Alice hade en gnutta tur
La pequeña botella mágica había tenido todo su efecto
Den lilla magiska flaskan hade fått sin fulla effekt
y Alicia no creció más de lo que era
och Alice blev inte större än hon var
Al cabo de unos minutos oyó una voz en el exterior
Efter några minuter hörde hon en röst utanför
Y se detuvo a escuchar la voz
Och hon stannade för att lyssna till rösten
—¡María Ana! ¡Mary Ann! -dijo la voz-
"Mary Ann! Mary Ann!» sade rösten
"¡Tráeme mis guantes en este momento!"
"Hämta mina handskar nu åt mig!"
Luego se oyó un pequeño golpeteo de pies en la escalera
Sedan kom ett litet trampande av fötter i trappan
Alicia supo que era el conejo que venía a buscarla
Alice visste att det var kaninen som kom för att leta efter
henne
Y tembló hasta hacer temblar la casa

Och hon bävade, så att huset skakade
Se olvidó por completo de sus proporciones
Hon glömde alldeles bort vad hon hade för proportioner
Era mil veces más grande que el conejo
Hon var tusen gånger så stor som kaninen
Y no tenía por qué temer a un conejo
Och hon hade ingen anledning att vara rädd för en kanin
De pronto, el conejo se acercó a la puerta
Efter en stund kom kaninen fram till dörren
Y el conejito trató de abrir la puerta
Och den lilla kaninen försökte öppna dörren
La puerta comenzó a abrirse hacia adentro
Dörren började öppnas inåt
pero el codo de Alicia estaba apretado con fuerza contra la puerta
men Alices armbåge trycktes hårt mot dörren
Ese intento resultó un fracaso
Det försöket visade sig vara ett misslyckande
Alicia oyó que el conejo se hablaba a sí mismo
Alice hörde kaninen tala till sig själv
"Entonces daré la vuelta y entraré por la ventana"
"Då går jag runt och tar mig in genom fönstret"
«¡Que no lo harás!», pensó Alicia
"Det kommer du inte att göra!" tänkte Alice
Y volvió a esperar un poco
Och hon väntade lite igen
Pronto oyó al conejo justo debajo de la ventana
Snart hörde hon kaninen precis nedanför fönstret
De repente extendió la mano
Plötsligt sträckte hon ut handen
Y ella hizo un arrebato en el aire
och hon ryckte till i luften
No se apoderó de nada
Hon fick inte tag i någonting
Pero oyó un pequeño alarido y una caída
Men hon hörde ett litet skrik och ett fall
Y oyó el estrépito de cristales rotos

och hon hörde ett brak av krossat glas
Tal vez el conejo se había caído
Kanske hade kaninen ramlat
Tal vez estaba en un invernadero
Kanske var han i ett växthus
Luego se oyó una voz airada; La voz del conejo
Därnäst hördes en ilsken röst; Kaninens röst
"Pat, ¿dónde estás?"
»Pat, var är du?»
Y entonces llegó una voz que nunca antes había oído
Och så kom en röst som hon aldrig hade hört förut
"¡Su señoría, estoy aquí!"
"Ers ära, jag är här!"
"Estoy cavando en busca de manzanas"
"Jag gräver efter äpplen"
"¡Aquí! ¡Ven y ayúdame a salir de esto!"
"Här! Kom och hjälp mig ur det här!"
—Ahora dime, Pat, ¿qué es eso que hay en la ventana?
»Säg mig nu, Pat, vad är det där i fönstret?»
"Claro, su señoría, se lo diré"
"Visst, ers ära, det ska jag säga er"
"¡Es un brazo que está en la ventana!"
"Det är en arm som sitter i fönstret!"
"Bueno, un brazo no tiene nada que hacer allí"
"Nåja, en arm har inget där att göra"
"¡Ve y quítate el brazo!"
"Gå och ta bort armen!"
Hubo un largo silencio después de esto
Det blev en lång tystnad efter detta
y Alicia sólo podía oír susurros de vez en cuando
och Alice kunde bara höra viskningar då och då
Y, por fin, volvió a extender la mano
Och till sist räckte hon åter ut handen
Y ella hizo otro arrebato en el aire
och hon gjorde ännu ett ryck i luften
Esta vez hubo dos pequeños chillidos
Den här gången hördes två små skrik

y se escucharon más sonidos de vidrios rotos
och det hördes fler ljud av krossat glas
«¡Me pregunto qué harán ahora!», pensó Alicia
"Jag undrar vad de ska göra härnäst!" tänkte Alice
"Ojalá me sacaran por la ventana"
"Jag önskar att de kunde dra ut mig genom fönstret"
Esperó un buen rato
Hon väntade en stund
Pero durante un rato no oyó nada más
Men för en stund hörde hon inget mer
Por fin se oyó el estruendo de unas ruedas
Till slut hördes ett mullrande av små hjul
Y se oyó el sonido de muchas voces
Och där hördes en hel del röster
Todas las voces hablaban al unísono
Alla rösterna talade med varandra
Pudo distinguir algunas de las palabras
Hon kunde urskilja några av orden
—¿Dónde está la otra escalera?
"Var är den andra stegen?"
"Bill tiene la otra escalera"
"Bill har den andra stegen"
"¡Bill, ven aquí!"
"Bill, kom hit!"
—¿Soportará el techo la carga?
"Kommer taket att bära lasten?"
—¿Quién quiere bajar por la chimenea?
"Vem vill gå ner i skorstenen?"
—¡No, no lo haré! ¡Tú lo haces!"
"Nej, det ska jag inte! Du gör det!"
—¡Aquí, Bill!
»Här, Bill!»
"¡El maestro dice que tienes que bajar por la chimenea!"
"Mästaren säger att du måste gå ner i skorstenen!"
Alicia arrastró el pie por la chimenea todo lo que pudo
Alice drog sin fot så långt ner i skorstenen som hon kunde
Y luego esperó a ver lo que venía

Och sedan väntade hon för att se vad som skulle komma
Escuchó a un animalito arañar y revolver
Hon hörde ett litet djur krafsa och kravla
El animalito debe estar en la chimenea
Det lilla djuret måste vara i skorstenen
Luego dio una fuerte patada
Sedan gav hon en skarp spark
Y esperó a ver qué pasaría después
Och hon väntade för att se vad som skulle hända härnäst
Oyó un coro general de voces
Hon hörde en allmän kör av röster
"¡Ahí va Bill!", dijeron todos
»Där går Bill!» sade de allesammans
Entonces oyó solo la voz del conejo
Då hörde hon bara kaninens röst
"¡Tú por el seto, atrápalo!"
"Du vid häcken, fånga honom!"
Hubo otro momento de silencio
Det blev ännu en stunds tystnad
Y entonces hubo otra confusión de voces
Och så blev det ett annat virrvarr av röster
"Levanta la cabeza, Brandy"
»Håll upp hans huvud, Brandy»
"Ten cuidado de no asfixiarlo"
"Var försiktig så att du inte kväver honom"
—¿Qué te pasó?
"Vad har hänt med dig?"
Por último, llegó una vocecita débil y chillona
Sist hördes en liten svag, gnisslande röst
"Bueno, ya casi no sé"
"Ja, jag vet knappt mer"
"Gracias a todos, ahora estoy mejor"
"Tack alla, jag mår bättre nu"
"Hay una cosa que puedo recordar"
"det finns en sak jag kan komma ihåg"
"Algo viene hacia mí como un tren en un túnel"
"Något kommer emot mig som ett tåg i en tunnel"

"¡Y vuelo hacia arriba como un cohete!"
"och upp flyger jag som en raket!"
Hubo uno o dos minutos de silencio
Det blev en tyst minut eller två
Y entonces empezaron a moverse de nuevo
Och sedan började de röra på sig igen
y Alicia oyó hablar de nuevo al Conejo
och Alice hörde kaninen tala igen
"Un túmulo servirá, para empezar"
"En kärra duger, till att börja med"
«¿Un túmulo lleno de qué?», pensó Alicia
»En kärra av vad?» tänkte Alice
Pero no la mantuvieron en suspenso por mucho tiempo
Men hon hölls inte i ovisshet länge
Una lluvia de guijarros entró por la ventana
En skur av små stenar kom in genom fönstret
Y algunas de las piedrecitas le golpearon en la cara
och några av de små stenarna träffade henne i ansiktet
Alicia se sorprendió por los guijarros
Alice blev förvånad över de små stenarna
Todos los guijarros se estaban convirtiendo en pasteles
Alla de små stenarna höll på att förvandlas till kakor
Y una idea brillante se le ocurrió
Och en ljus idé dök upp i hennes huvud
"Debería comerme uno de estos pasteles"
"Jag borde äta en sån där kaka"
"El pastel seguramente hará algún cambio en mi tamaño"
"Tårtan kommer säkert att göra en förändring i min storlek"
Así que se tragó uno de los pasteles
Så hon svalde en av kakorna
Y se alegró al descubrir que empezaba a encogerse
Och hon blev förtjust när hon upptäckte att hon började
krympa
**Pronto fue lo suficientemente pequeña como para pasar por
la puerta**
Snart var hon tillräckligt liten för att komma in genom dörren
Salió corriendo de la casa

Hon sprang ut ur huset
Una multitud de animalitos y pájaros esperaban afuera
En skara små djur och fåglar väntade utanför
todos los pajaritos y animales se abalanzaron sobre Alicia
alla de små fåglarna och djuren rusade mot Alice
Pero ella huyó lo más rápido que pudo
Men hon sprang iväg så fort hon kunde
Y pronto se encontró a salvo en un espeso bosque
Och snart befann hon sig i säkerhet i en tät skog
Alicia vagaba por el bosque
Alice vandrade omkring i skogen
Y pensó para sí misma:
Och hon tänkte för sig själv:
"Sé lo que tengo que hacer primero"
"Jag vet vad jag måste göra först"
**"Primero tengo que volver a crecer hasta el tamaño
adecuado"**
"först måste jag växa till min rätta storlek igen"
**"Y luego tengo que encontrar mi camino hacia ese hermoso
jardín"**
"och sen måste jag hitta in i den där vackra trädgården"
"Supongo que debería comer o beber una cosa u otra"
"Jag antar att jag borde äta eller dricka det ena eller det andra"
"Pero la pregunta es ¿qué debo comer o beber?"
"men frågan är vad jag ska äta eller dricka?"
Alicia miró a su alrededor las flores
Alice såg sig omkring på blommorna
Y miró a través de las briznas de hierba
Och hon såg genom grässtråna
pero no podía ver nada de comer ni de beber
Men hon kunde inte se något att äta eller dricka
Nada parecía ser lo adecuado para comer o beber
Ingenting såg ut som det rätta att äta eller dricka
Había un gran hongo creciendo cerca de ella
Det växte en stor svamp i närheten av henne
el hongo tenía aproximadamente la misma altura que Alicia
svampen var ungefär lika hög som Alice

Se estiró de puntillas
Hon sträckte ut sig på tå
Y se asomó por el borde del hongo
och hon kikade över kanten på svampen
Sus ojos se encontraron inmediatamente con los ojos de una gran oruga azul
Hennes blick mötte genast blicken på en stor blå larv
La oruga estaba sentada en la parte superior del hongo
Larven satt på toppen av svampen
y la oruga se había cruzado de brazos
och larven hade lagt armarna i kors
Y estaba fumando tranquilamente una larga cachimba
och han rökte tyst en lång vattenpipa
y no hizo la menor atención a nada
Och han brydde sig inte det minsta om någonting
y ciertamente no le prestó atención a Alicia
och han brydde sig verkligen inte om Alice

Consejos de una oruga
Råd från en larv

Por fin, la oruga se quitó la pipa de la boca
Till slut tog larven ut vattenpipan ur munnen
y se dirigió a Alicia con voz lánguida y soñolienta
och han vände sig till Alice med en slö, sömnig röst
—¿Quién eres? —preguntó la oruga
"Vem är du?" frågade larven

Alicia respondió, con cierta timidez: "No lo sé, señor"
Alice svarade, ganska blygt, "Jag vet knappt, sir"
"Justo en este momento está todo un poco..."
"Just nu är det bara lite..."
"Sé quién era cuando me levanté esta mañana"
"Jag vet vem jag var när jag steg upp i morse""
**"pero creo que debo haber cambiado varias veces desde
entonces"**
"men jag tror att jag måste ha förändrats flera gånger sedan
dess"
—¿Qué quieres decir con eso? —dijo la oruga—
»Vad menar du med det?» sade larven

Con severidad, la oruga le pidió que se explicara
Strängt bad larven henne att förklara sig
—Me temo que no puedo explicarme, señor —dijo Alicia—
»Jag kan inte förklara mig, är jag rädd», sade Alice
"porque no soy yo mismo"
"för att jag inte är mig själv"
"Verás, tener tantos tamaños diferentes en un día es muy confuso"
"Du förstår, det är väldigt förvirrande att vara så många olika storlekar på en dag"
Se incorporó y dijo muy gravemente:
Hon reste sig upp och sade mycket allvarligt:
"Creo que primero deberías decirme quién eres"
"Jag tycker att du först ska tala om för mig vem du är"
"¿Por qué?", dijo la oruga
»Varför?» sade larven
Alicia no se le ocurría ninguna buena razón
Alice kunde inte komma på någon bra anledning
Y la oruga parecía estar en un estado de ánimo muy desagradable
Och larven verkade vara i ett mycket obehagligt sinnestillstånd
Así que se dio la vuelta
Så hon vände sig bort
"¡Vuelve!", la oruga la llamó
"Kom tillbaka!" ropade larven efter henne
"¡Tengo algo importante que decir!"
"Jag har något viktigt att säga!"
Alicia se dio la vuelta y volvió otra vez
Alice vände sig om och kom tillbaka igen
—Mantén la calma —dijo la oruga—
»Behåll ditt humör», sade larven
-¿Eso es todo? -preguntó Alicia
"Är det allt?" sa Alice
Y se tragó su rabia lo mejor que pudo
Och hon svalde sin vrede så gott hon kunde
—No —dijo la oruga—

"Nej", sa larven
La oruga desplegó sus brazos
Larven vecklade ut armarna
Y volvió a sacarse la pipa de la boca
Och han tog ut vattenpipan ur munnen igen
**y él dijo: "Así que Ud. piensa que Ud. ha cambiado,
¿verdad?"**
Och han sade: "Så du tror att du har förändrats, eller hur?"
—Me temo, he cambiado, señor —dijo Alicia—
»Jag är rädd, jag är förändrad, sir», sade Alice
"No puedo recordar las cosas como solía recordarlas"
"Jag kan inte komma ihåg saker som jag brukade komma ihåg
dem"
**"¡Y no me quedo del mismo tamaño por más de diez
minutos!"**
"och jag håller inte samma storlek i mer än tio minuter!"
"¿Qué tamaño quieres tener?", preguntó la oruga
"Vilken storlek vill du ha?" frågade larven
**—Oh, no me importa especialmente el tamaño que tenga —
respondió Alicia apresuradamente—**
"Åh, jag bryr mig inte så mycket om vilken storlek jag har",
svarade Alice hastigt
**"Simplemente no me gusta cambiar de tamaño tan a
menudo, ya sabes"**
"Jag gillar bara inte att byta storlek så ofta, vet du"
"Me gustaría ser un poco más grande, señor"
"Jag skulle vilja vara lite större, sir"
—Si no te importa —añadió Alicia—
»om du inte har något emot det», tillade Alice
"Diez centímetros es una altura tan miserable para ser"
"Tio centimeter är en så eländig höjd att vara"
-¡Es una altura muy buena! -exclamó la oruga con rabia-
»Det är verkligen en mycket bra höjd!» sade larven ilsket
Y se irguió mientras hablaba
Och han reste sig upprätt medan han talade
Medía exactamente diez centímetros de alto
Han var exakt tio centimeter lång

En uno o dos minutos, la oruga bajó del hongo
På en minut eller två kom larven ner från svampen
Y se arrastró por la hierba
Och han kröp bort i gräset
Al alejarse, hizo algunas pequeñas observaciones
När han gick därifrån gjorde han några små anmärkningar
"Un lado te hará crecer más alto"
"En sida kommer att få dig att bli längre"
"Y el otro lado te hará acortar"
"Och den andra sidan kommer att få dig att bli kortare"
«¿Un lado de qué?», pensó Alicia para sí misma
"En sida av vad?" tänkte Alice för sig själv
—¿El otro lado de qué?
"Den andra sidan av vad?"
—El costado del hongo —dijo la oruga—
»Sidan av svampen», sade larven
Era como si hubiera hecho su pregunta en voz alta
Det var som om hon hade ställt sin fråga högt
Y en otro momento, se perdió de vista
Och i ett annat ögonblick var han utom synhåll
Alicia se quedó mirando pensativa el hongo
Alice stod kvar och tittade tankfullt på svampen
Estaba tratando de distinguir cuáles eran los dos lados del hongo
Hon försökte urskilja vilka som var de två sidorna av svampen
Por fin, estiró los brazos alrededor de la seta
Till sist sträckte hon armarna om svampen
Y rompió un poco los bordes
och hon bröt av lite av kanterna
"Y ahora, ¿qué lado es cuál?", se dijo a sí misma
»Och nå, vilken sida är vilken?» sade hon för sig själv
Y mordisqueó un poco de la parte de la mano derecha
och hon knaprade lite på den högra biten
Al momento siguiente sintió un violento golpe debajo de la barbilla
I nästa ögonblick kände hon ett våldsamt slag under hakan

¡Su barbilla había golpeado su pie!
Hennes haka hade slagit i foten!
Estaba bastante asustada por este cambio tan repentino
Hon blev en hel del skrämd av denna mycket plötsliga
förändring
Se estaba encogiendo muy rápidamente
Hon krympte mycket snabbt
Así que rápidamente se comió un poco del otro trozo de champiñón
Så hon åt snabbt upp lite av den andra svampen
Su barbilla estaba muy presionada contra su pie
Hennes haka var pressad tätt mot hennes fot
Apenas había espacio para abrir la boca
Det fanns knappt plats att öppna munnen
Pero al fin logró abrir la boca
Men till slut lyckades hon öppna munnen
Y tragó un bocado del pedazo de la mano izquierda
Och hon svalde en bit av den vänstra biten
-¡Por fin me han liberado la cabeza! -exclamó Alicia-
"Äntligen har mitt huvud blivit befriat!" sa Alice
Se miró a sí misma
Hon såg ner på sig själv
Pero todo lo que podía ver era una inmensa longitud de cuello
Men allt hon kunde se var en ofantlig längd på halsen
Su cuello parecía elevarse como un tallo
Hennes hals tycktes resa sig som en stjälk
Y miró hacia abajo sobre un mar de hojas verdes
Och hon såg ner över ett hav av gröna löv
—¿A dónde han llegado mis hombros?
"Vart har mina axlar tagit vägen?"
"Y oh, mis pobres manos, ¿cómo es que no puedo verte?"
»Och åh, mina stackars händer, hur kommer det sig, att jag
inte kan se dig?»
Pero su cuello tenía un beneficio
Men hennes nacke hade en fördel
Podía mover la cabeza en cualquier dirección

Hon kunde röra huvudet åt vilket håll som helst
De hecho, era como una serpiente
I själva verket var hon precis som en orm
Ella zigzagueó con gracia con la cabeza hacia abajo
Hon sicksackade graciöst med huvudet nedåt
Y movió la cabeza entre los árboles
Och hon rörde sitt huvud mellan träden
Pero entonces oyó un silbido agudo
Men så hörde hon ett skarpt väsande
Y rápidamente echó la cabeza hacia atrás
Och hon drog snabbt huvudet bakåt
Una gran paloma había volado hacia su cara
En stor duva hade flugit in i hennes ansikte
y la paloma se agitó violentamente con sus alas
och duvan var våldsamt med sina vingar

-¡Serpiente! -exclamó la paloma-

»Ormen!» ropade duvan

-¡No soy una serpiente! -exclamó Alicia indignada-

»Jag är ingen orm!» sade Alice upprört

"¡Déjame en paz!"

"Lämna mig ifred!"

"He probado las raíces de los árboles"

"Jag har provat trädens rötter"

—Y he probado setos —prosiguió la paloma—

"Och jag har provat häckar", fortsatte duvan

—¡Pero esas serpientes! ¡No hay forma de complacerlos!"

"Men de där ormarna! Det går inte att behaga dem!"

Alicia estaba cada vez más desconcertada

Alice blev mer och mer förbryllad

-Como si ya fuera bastante trabajo incubar los huevos -dijo la paloma-

»Som om det inte vore besvär nog att kläcka äggen», sade duvan

—¡De noche y de día también tengo que estar atento a las serpientes!

"natt och dag måste jag också se upp för ormar!"

"Acababa de encontrar el árbol más alto del bosque"

"Jag hade precis hittat det högsta trädet i skogen"

—¿Estaría libre de serpientes aquí?

"Visst skulle jag vara fri från ormar här?"

"¡Y sale una serpiente del cielo!"

"Och ut kommer en orm från himlen!"

-¡Pero yo no soy una serpiente, te lo aseguro! -dijo Alicia-

"Men jag är ingen orm, det ska jag säga dig!" sa Alice

"Soy un... Soy un... Soy una niña —añadió con cierta duda—

"Jag är en... Jag är en... Jag är en liten flicka», tillade hon litet tveksamt

Después de todo, había estado pasando por muchos cambios

Hon hade trots allt gått igenom en hel del förändringar

—Estás buscando huevos —dijo la paloma—

"Du letar efter ägg", sa duvan

"Lo sé con certeza"

"Det vet jag med säkerhet"
—¿Y qué importa si eres una niña o una serpiente?
"Och vad spelar det för roll om du är en liten flicka eller en orm?"
—A mí me importa mucho —dijo Alicia apresuradamente—
»Det betyder mycket för mig», sade Alice hastigt
"pero no estoy buscando huevos, como suele ser"
"men jag letar inte efter ägg, som det råkar vara"
"Y de todos modos no querría tus huevos"
"och jag skulle inte vilja ha dina ägg i alla fall"
"No me gustan los huevos crudos"
"Jag gillar inte mina ägg råa"
-¡Pues váyase! -dijo la paloma en tono malhumorado-
»Nå, ge dig av då!» sade duvan surmulen
Y la paloma se instaló de nuevo en su nido
och duvan slog sig åter ner i sitt bo
Alicia se agachó entre los árboles lo mejor que pudo
Alice hukade sig ner bland träden så gott hon kunde
Su cuello no dejaba de enredarse entre las ramas
Hennes nacke trasslade hela tiden in sig bland grenarna
De vez en cuando tenía que detenerse y desenroscar el cuello
Då och då var hon tvungen att stanna och vrida upp nacken
Al cabo de un rato se acordó de la seta
Efter en stund kom hon ihåg svampen
Todavía sostenía los trozos de hongo en sus manos
Hon höll fortfarande svampbitarna i sina händer
Y se puso a trabajar con mucho cuidado
Och hon skred till verket mycket försiktigt
Primero mordisqueó una pieza
Först knaprade hon på ett stycke
Y luego mordisqueó la otra pieza
Och så knaprade hon på den andra biten
A veces crecía
Ibland blev hon längre
y a veces se acortaba
och ibland blev hon kortare
pero finalmente alcanzó su altura habitual

Men till slut uppnådde hon sin vanliga längd
Hacía tiempo que no era de su estatura
Hon hade inte varit sin egen längd på ett tag
Así que todo se sintió extraño por un tiempo
Så allt kändes konstigt ett tag
"Lo siguiente que hay que hacer es entrar en ese hermoso jardín"
"Nästa sak att göra är att ta sig in i den vackra trädgården"
—¿Cómo se va a hacer eso, me pregunto?
"Hur skall det gå till, undrar jag?"
Al decir esto, llegó a un lugar abierto
När hon sade detta, kom hon till en öppen plats
Había una casita, un poco más de un metro de altura
Det fanns ett litet hus, lite högre än en meter
"Me pregunto quién vive en esta casita"
"Jag undrar vem som bor i det här lilla huset"
"Ciertamente no puedo entrar tan grande como soy"
"Jag kan verkligen inte gå in så stor som jag är"
—¡Los asustaría terriblemente!
"Jag skulle skrämma dem fruktansvärt!"
Así que volvió a mordisquear el pequeño champiñón
Så hon knaprade på den lilla svampen igen
Y pronto bajó treinta centímetros
Och snart tog hon sig ner trettio centimeter

Un cerdo y un poco de pimienta

En gris och lite peppar

Durante uno o dos minutos se quedó mirando la casa

I en minut eller två stod hon och tittade på huset

De repente, un lacayo salió corriendo del bosque

Plötsligt kom en springpojke springande ut ur skogen

Vestía un uniforme especial

Han var klädd i en speciell livréuniform

A juzgar solo por su rostro, ella lo habría llamado pez

Att döma av hans ansikte skulle hon ha kallat honom en fisk

Y golpeó fuertemente la puerta con los nudillos

och han knackade högljutt på dörren med knogarna

La puerta fue abierta por otro lacayo

Dörren öppnades av en annan betjänt

Este lacayo también llevaba una librea especial

Även denna betjänt var klädd i en speciell livré

Este lacayo tenía una cara redonda y ojos grandes como los de una rana

Denne betjänt hade ett runt ansikte och stora ögon som en groda

El lacayo, que parecía un pez, inició la ceremonia

Betjänten som såg ut som en fisk inledde ceremonin

Sacó algo de debajo de su brazo
Han drog fram något under armen
Y sacó de debajo del brazo un sobre
Och han tog fram ett kuvert under armen
Y este sobre se lo entregó al otro lacayo
Och detta kuvert räckte han över till den andre drängen
En tono ceremonioso le comunicó las órdenes
I högtidlig ton gav han honom orderna
"Este mensaje es para la duquesa"
"Det här meddelandet är till hertiginnan"
"Una invitación de la reina a jugar al croquet"
"En inbjudan från drottningen att spela krocket"
El lacayo, que parecía una rana, repitió la orden
Betjänten som såg ut som en groda upprepade ordern
"De la Reina"
"Från drottningen"
"Una invitación"
"En inbjudan"
"para la duquesa"
"för hertiginnan"
"Jugar al croquet"
"Spela krocket"
Entonces ambos se inclinaron profundamente
Sedan bugade de sig båda djupt
y los rizos de sus pelucas se enredaron
och lockarna i deras peruker trasslade in sig i varandra
Pronto el lacayo que parecía un pez se había ido
Snart var drängen som såg ut som en fisk borta
Pero el lacayo que parecía una rana todavía estaba allí
Men drängen som såg ut som en groda var kvar
Estaba sentado en el suelo, cerca de la puerta
Han satt på marken nära dörren
Estaba mirando estúpidamente al cielo
Han stirrade dumt upp i skyn
Alicia se acercó tímidamente a la puerta y llamó
Alice gick försynt fram till dörren och knackade på
—Es inútil llamar a la puerta —dijo el lacayo—

»Det tjänar ingenting till att knacka», sade drängen
"Y eso es por dos razones"
"Och det av två skäl"
"Primero, porque estoy del mismo lado de la puerta que tú"
"För det första för att jag är på samma sida av dörren som du"
"En segundo lugar, porque están haciendo mucho ruido dentro"
"För det andra för att de gör så mycket oväsen inuti"
"Nadie podría escucharte"
"Ingen kunde höra dig"
Y, ciertamente, había un ruido extraordinario en su interior
Och det var sannerligen ett högst märkvärdigt oväsen som pågick därinne
un aullido y estornudos constantes
ett konstant ylande och nysande
y de vez en cuando se oye un gran estruendo
och då och då ett ljud av ett stort brak
como si un plato o una tetera se hubieran roto en pedazos
som om en tallrik eller vattenkokare hade slagits i bitar
-¿Cómo voy a entrar? -preguntó Alicia
"Hur ska jag komma in?" frågade Alice
—¿Deberías entrar? —dijo el lacayo—
»Ska ni stiga in över huvud taget?» sade drängen
"Esa es la primera pregunta, ya sabes"
"Det är den första frågan, vet du"
Alicia abrió la puerta y entró
Alice öppnade dörren och gick in
La puerta conducía directamente a una gran cocina
Dörren ledde rakt in i ett stort kök
La cocina estaba llena de humo de un extremo a otro
Köket var fullt av rök från ena änden till den andra
en medio de la cocina estaba la duquesa
mitt i köket stod hertiginnan
Estaba sentada en un taburete de tres patas
Hon satt på en trebent pall
Y ella estaba amamantando a un bebé
och hon ammade ett barn

El cocinero estaba inclinado sobre el fuego
Kocken stod lutad över elden
Estaba removiendo un gran caldero
Han rörde om i en stor kittel
y el caldero parecía estar lleno de sopa
och kitteln tycktes vara full av soppa
"¡Ciertamente hay demasiada pimienta en esa sopa!" —se dijo Alicia
"Det är verkligen för mycket peppar i den där soppan!" sa Alice till sig själv
Lo dijo lo mejor que pudo, sin estornudar
Hon sa det så gott hon kunde utan att nysa
Incluso la duquesa estornudaba de vez en cuando
Till och med hertiginnan nös då och då
Pero las acciones del bebé fueron las más notables
Men barnets handlingar var de mest anmärkningsvärda
El bebé estornudaba y aullaba alternativamente
Bebisen nös och ylade om vartannat
No hubo un momento de pausa entre aullidos y estornudos
Det gick inte ett ögonblicks paus mellan tjut och nysningar
Había dos criaturas en la cocina que no estornudaban
Det fanns två varelser i köket som inte nös
El cocinero estaba demasiado ocupado para estornudar
Kocken var för upptagen för att nysa
Y al gran gato no pareció importarle el pimiento
Och den stora katten verkade inte bry sig om pepparn
En cambio, el gran gato sonreía de oreja a oreja
I stället flinade den stora katten från öra till öra
-Por favor, ¿podría decírmelo -dijo Alicia, un poco tímidamente-
"Var snäll och berätta det för mig", sa Alice lite blygt
"¿Por qué tu gato sonríe así?"
"Varför flinar din katt så där?"
-Es un gato de Cheshire -dijo la duquesa-
»Det är en Cheshirekatt», sade hertiginnan
"Y por eso está sonriendo de oreja a oreja"
"Och det är därför han flinar från öra till öra"

"No sabía que un gato de Cheshire siempre sonreía"
"Jag visste inte att en Cheshire-Cat alltid flinade"
—De hecho, no sabía que los gatos podían sonreír —dijo
Alicia—
"Jag visste faktiskt inte att katter kunde grina", säger Alice
-Hay muchas cosas que no sabes -dijo la duquesa-
»Det är mycket du inte vet», sade hertiginnan
"Hay muchas cosas que no sabes y eso es un hecho"
"Det är mycket man inte vet och det är ett faktum"
En ese momento, el cocinero retiró el caldero de sopa del
fuego
Just då tog kocken grytan med soppa från elden
Y en seguida se puso a tirar todo lo que estaba a su alcance
Och med ens började hon kasta allt inom räckhåll
arrojó todo lo que pudo a la duquesa y al bebé
hon kastade allt hon kunde på hertiginnan och barnet
Primero arrojó los hierros de fuego
Först kastade hon eldjärnen
Luego tiró un puñado de cacerolas
Sedan kastade hon en handfull kastruller
y finalmente tiró los platos y las fuentes
Och till sist kastade hon tallrikar och fat
La duquesa no le hizo caso
Hertiginnan tog ingen notis om henne
Incluso cuando fue golpeada por un plato, no se preocupó
Inte ens när hon blev träffad av en tallrik oroade hon sig
El bebé ya estaba aullando tanto
Bebisen ylade redan så mycket
Así que era imposible decir si los golpes lastimaban al bebé
o no
Så det var omöjligt att säga om slagen skadade barnet eller
inte
—¡Oh, por favor, ten cuidado con lo que estás haciendo! —
exclamó Alicia—
"Åh, snälla, tänk på vad du gör!" ropade Alice
Y saltaba de un lado a otro en una agonía de terror
Och hon hoppade upp och ner i skräckångest

la duquesa le ofreció a Alicia el bebé
Hertiginnan erbjöd barnet Alice
"¡Aquí! ¡Puedes amamantar un poco al bebé, si quieres!"
"Här! Du kan amma barnet lite, om du vill!"
Y le arrojó al bebé mientras hablaba
Och hon kastade barnet mot henne, medan hon talade
"Tengo que ir a prepararme para jugar al croquet con la reina"
"Jag måste gå och göra mig i ordning för att spela krocket med drottningen"
Y se apresuró a salir de la habitación
Och hon skyndade sig ut ur rummet
Alicia atrapó al bebé con cierta dificultad
Alice fångade barnet med viss svårighet
porque era una criatura de forma muy extraña
för det var en mycket underligt formad liten varelse
Y el bebé extendió los brazos y las piernas en todas direcciones
Och barnet sträckte ut armar och ben åt alla håll
«Será mejor que me lleve a este niño conmigo», pensó Alicia
"Det är bäst att jag tar det här barnet med mig", tänkte Alice
"Seguro que matarán a este bebé en uno o dos días"
"De kommer säkert att döda den här bebisen om en dag eller två"
—¿No sería un asesinato dejar atrás a este bebé?
"Skulle det inte vara mord att lämna det här barnet bakom sig?"
Dijo las últimas palabras en voz alta
Hon sa de sista orden högt
Y la cosita gruñó en respuesta
och den lilla varelsen grymtade till svar
—Será mejor que no te conviertas en un cerdo, querida — dijo Alicia—
"Det är bäst att du inte förvandlas till ett svin, min kära", sa Alice
"o de lo contrario no tendré nada más que ver contigo"
"annars har jag inget mer med dig att göra"

Alicia empezaba a pensar para sí misma:
Alice hade just börjat tänka för sig själv:
"Ahora, ¿qué voy a hacer con esta criatura cuando la lleve a casa?"
»Nå, vad skall jag göra med den här varelsen, när jag får hem den?»
Pero entonces la pequeña criatura gruñó un poco violentamente
Men då grymtade den lilla varelsen lite våldsamt
y Alicia lo miró a la cara con cierta alarma
och Alice såg förskräckt ner i dess ansikte
Esta vez no podía haber error al respecto
Den här gången gick det inte att ta miste på det
No era ni más ni menos que un cerdo
Den var varken mer eller mindre än en gris
Así que dejó a la pequeña criatura en el suelo
Och hon satte ner den lilla varelsen
y la pequeña criatura se aleja trotando tranquilamente hacia el bosque
och den lilla varelsen travade lugnt bort in i skogen
Alicia se sintió bastante aliviada al ver que la criatura se iba
Alice kände sig ganska lättad över att se varelsen gå
Alicia se sobresaltó un poco al ver al Gato de Cheshire
Alice blev lite skrämd av att se Cheshire-katten
Estaba sentado en la rama de un árbol a pocos metros de distancia
Den satt på en gren i ett träd några meter bort
El gato solo sonrió cuando la vio
Katten bara flinade när den såg henne
—Gato de Cheshire —empezó Alicia, bastante tímidamente—
»Cheshire-katt», började Alice litet försagd
—¿Podría decirme, por favor, qué camino debo tomar desde aquí?
"Vill du vara snäll och tala om för mig vilken väg jag ska gå härifrån?"
—En esa dirección —dijo el gato—

"I den riktningen", sa katten
Y agitó la pata derecha
och den viftade med höger tass
"En esa dirección vive un fabricante de sombreros"
"I den riktningen bor en hattmakare"
Y entonces el gato agitó su otra pata
Och så viftade katten med sin andra tass
"Y en esa dirección vive una liebre de marzo"
"Och åt det hållet bor en marshare"
"Visita a cualquiera de los que quieras; los dos están locos"
"Besök vem du vill; de är båda galna"
—Pero yo no quiero andar entre locos —comentó Alicia—
"Men jag vill inte gå bland galna människor", sa Alice
—Oh, no puedes evitarlo —dijo el Gato—
"Åh, det kan du inte hjälpa", sa katten
"Aquí estamos todos locos"
"Vi är alla galna här"
"¿Vas a jugar al croquet con la reina hoy?"
"Spelar du krocket med drottningen idag?"
—Me gustaría mucho —dijo Alicia—
"Det skulle jag gärna vilja", sa Alice
"pero todavía no me han invitado"
"men jag har inte blivit inbjuden än"
—Allí me verás —dijo el Gato—
"Du kommer att se mig där", sa katten
Y de un momento a otro el gato desapareció
Och från den ena stunden till den andra försvann katten
pronto Alicia llegó a la vista de la casa de la liebre de marzo
Snart fick Alice syn på marsharens hus
Era una casa muy grande
Detta var ett mycket stort hus
así que Alicia no quiso acercarse a la casa
så Alice ville inte gå nära huset
Primero tuvo que mordisquear un poco más del trozo de champiñón del lado izquierdo
Först var hon tvungen att knapra lite mer av den vänstra sidan av svampen

Una fiesta de té loca
En galen tebjudning

Delante de la casa había un árbol
Framför huset stod ett träd
y debajo del árbol había una mesa
och under trädet fanns ett bord
y la mesa estaba puesta con toda clase de cubiertos
Och bordet var dukat med allehanda bestick
La Liebre de Marzo y el Sombrerero estaban sentados a la mesa
Marsharen och hattmakaren satt till bords
y juntos estaban tomando el té
och tillsammans drack de te
Un lirón estaba sentado entre ellos
En hasselmus satt mellan dem
y el lirón se durmió profundamente
och hasselmusen sov djupt
La mesa era de un tamaño extraordinario
Bordet var av extraordinär storlek
Pero la mayor parte de la mesa estaba desocupada
Men större delen av bordet var tomt
Se sentaron apiñados en una esquina de la mesa
De satt tätt ihop i ena hörnet av bordet
y, sin embargo, se excusaban cuando veían a Alicia
och ändå kom de med ursäkter när de såg Alice
"¡No hay espacio! ¡No hay lugar!", gritaron
"Ingen plats! Ingen plats!» ropade de
-¡Hay sitio de sobra! -exclamó Alicia indignada-
"Det finns gott om plats!" sa Alice upprört
En un extremo de la mesa había un gran sillón
I ena ändan av bordet stod en stor länstol
y Alicia se sentó en el sillón
och Alice satte sig i fåtöljen
El sombrerero abrió mucho los ojos
Hattmakaren spärrade upp ögonen
No podía creer lo que estaba viendo
Han kunde inte tro sina ögon

Pero su mente tenía curiosidad por otras cosas

Men hans sinne var nyfiket på annat

—¿Por qué un cuervo es como un escritorio?

»Varför är en korp lik ett skrivbord?»

Alicia estaba abierta al reto

Alice var öppen för utmaningen

"Me alegro de que hayan empezado a hacer adivinanzas"

"Jag är glad att de har börjat ställa gåtor"

—Creo que puedo adivinarlo —añadió en voz alta—

»Jag tror jag kan gissa det», tillade hon högt

La liebre de marzo sintió curiosidad por Alicia

Marschharen blev nyfiken på Alice

"¿De verdad crees que puedes encontrar la respuesta?"

"Tror du verkligen att du kan hitta svaret?"

—Creo que puedo encontrar la respuesta —dijo Alicia—

"Jag tror att jag kan hitta svaret faktiskt", sa Alice

—Entonces deberías decir lo que quieres decir —prosiguió la liebre de la marcha—

»Då får du säga vad du menar», fortfor marschharen

—Digo lo que quiero decir —respondió Alicia apresuradamente—

"Jag säger vad jag menar", svarade Alice hastigt

"por lo menos quiero decir lo que digo"

"jag menar i alla fall vad jag säger"

"Es lo mismo, ¿sabes?"

"Det är samma sak, vet du"

El lirón también contribuyó a la conversación

Hasselmusen bidrog också till samtalet

Pero el lirón parecía estar hablando en sueños

men hasselmusen tycktes tala i sömnen

"Respiro cuando duermo"

"Jag andas när jag sover"

"¡Duermo cuando respiro!"

"Jag sover när jag andas!"

"Bien podría decirse que también son lo mismo"

"Man kan lika gärna säga att de är likadana också"

-A ti te pasa lo mismo -dijo el sombrerero-

»Det är samma sak med dig», sade hattmakaren
Y echó un poco de té en la nariz del lirón
och han hällde lite te på hasselmusens näsa
El Lirón sacudió la cabeza con impaciencia
Dormouse skakade otåligt på huvudet
Y volvió a hablar el Lirón, sin abrir los ojos
Och åter talade hasselmusen utan att öppna ögonen
"Por supuesto, por supuesto que es lo mismo"
"Självklart, det är klart att det är likadant"
"eso es justo lo que iba a decir yo mismo"
"det var bara vad jag själv tänkte säga"

El sombrerero se volvió hacia Alicia y le hizo otra pregunta
Hattmakaren vände sig till Alice och ställde en annan fråga
—¿Ya has adivinado el enigma?
"Har du gissat gåtan än?"
—No, me rindo —concedió Alicia—
"Nej, jag ger upp", medgav Alice
"¿Cuál es la respuesta?", quiso saber
"Vad är svaret?" ville hon veta
—No tengo la menor idea —dijo el sombrerero—
»Jag har inte den ringaste aning», sade hattmakaren

-Ni yo lo sé -dijo la liebre-
»Det vet jag inte heller», sade fältharen
Alicia dio un suspiro de cansancio
Alice gav ifrån sig en trött suck
"Hay mejores usos del tiempo que los enigmas sin respuestas"
"Det finns bättre sätt att använda tiden än gåtor utan svar"
-¡Toma un poco más de té! -dijo la liebre a Alicia, muy seriamente-
»Drick litet mer te», sade marschharen mycket allvarligt till Alice
Alicia se sintió bastante ofendida por la oferta
Alice blev ganska förolämpad av erbjudandet
—Todavía no he tomado el té —respondió Alicia—
"Jag har inte druckit te än", svarade Alice
"por lo tanto, no puedo tomar más té"
"därför kan jag inte dricka mer te"
—Quieres decir que no puedes tomar menos té —dijo el sombrerero—
»Du menar, att du inte kan dricka mindre te?» sade hattmakaren
"Es muy fácil llevarse más que nada"
"Det är väldigt lätt att ta mer än ingenting"
Al oír esto, Alicia se levantó y se marchó
Då reste sig Alice och gick iväg
El lirón se durmió al instante
Hasselmusen somnade genast
y ninguno de los otros hizo la menor atención de que ella se fuera
Och ingen av de andra brydde sig det minsta om att hon gick
aunque miró hacia atrás una o dos veces
fast hon såg sig om ett par gånger
Intentaban meter el lirón en la tetera
De försökte sätta hasselmusen i tekannan
-De todos modos, ¡no volveré a ir allí! -dijo Alicia-
"Jag kommer i alla fall aldrig att gå dit igen!" sa Alice
Y ella caminó su camino a través del bosque

Och hon gick sin väg genom skogen
"Esa fue la fiesta del té más estúpida a la que he ido en mi vida"
"det var det dummaste tebjudning jag någonsin varit på"
Justo cuando dijo esto, notó algo
Just som hon sade detta, lade hon märke till något
Uno de los árboles tenía una puerta que daba directamente a él
Ett av träden hade en dörr som ledde rakt in i det
"¡Eso es muy interesante!", pensó
"Det är mycket intressant!" tänkte hon
"Creo que es mejor que pase por la puerta"
"Jag tror att jag lika gärna kan gå in genom dörren"
Y entró por la puerta
Och genom dörren gick hon
Una vez más se encontró en el largo pasillo
Än en gång befann hon sig i den långa hallen
De nuevo estaba cerca de la mesita de cristal
Åter stod hon tätt intill det lilla glasbordet
Ella tomó la pequeña llave de oro
Hon tog den lilla gyllene nyckeln
Y abrió la puerta que daba al jardín
Och hon låste upp dörren som ledde ut i trädgården
Luego se puso manos a la obra mordisqueando el hongo
Sedan satte hon igång med att knapra på svampen
Había guardado un trozo de la seta en el bolsillo
Hon hade haft en bit av svampen i fickan
Y, por último, medía alrededor de un metro de altura
Och till slut var hon ungefär en meter lång
Luego caminó por el pequeño pasillo
Sen gick hon genom den lilla korridoren
Y entonces finalmente se encontró en el hermoso jardín
Och så befann hon sig äntligen i den vackra trädgården
y ella estaba entre la flor brillante y las fuentes frescas
Och hon var bland den ljusa blomman och de svala fontänerna

El campo de croquet de la reina
Drottningens krocketplan

Un gran rosal se alzaba cerca de la entrada del jardín
Ett stort rosenträd stod nära ingången till trädgården
Las rosas que crecían en el árbol eran blancas
Rosorna som växte på trädet var vita
Pero había tres jardineros pintando la rosa
Men det var tre trädgårdsmästare som målade rosen
Estaban ocupados pintando las rosas de rojo
De var ivrigt sysselsatta med att måla rosorna röda
y Alicia los miraba pintar las rosas de rojo
och Alice tittade på när de målade rosorna röda
y de repente sus ojos se posaron por casualidad en Alicia
och plötsligt råkade deras blickar falla på Alice
Alicia habló un poco tímidamente
Alice talade lite försagt
—¿Podría decírmelo, por favor?
"Vill du vara snäll och berätta det för mig?"
"¿Por qué están pintando todas esas rosas?"
"Varför målar ni alla de där rosorna?"
Cinco y siete no dijeron nada, pero miraron a dos
Fem och sju sade ingenting, men tittade på två
Dos hablaron, en voz baja
Två talade med låg röst
"Vaya, el hecho es que ya lo ve, señora"
»Ja, faktum är ju så, min fru.»
"Esto de aquí debería haber sido un rosal rojo"
"Det här borde ha varit ett rött rosenträd"
"Y pusimos un rosal blanco por error"
"Och vi satte in ett vitt rosenträd av misstag"
"Como estarás de acuerdo, la Reina no debe enterarse"
"Som ni säkert håller med om får drottningen inte ta reda på
det"
"De lo contrario, nos cortarían la cabeza a todos"
"Annars skulle vi alla få våra huvuden avhuggna"
"Así que ya ve, señora, estamos haciendo lo mejor que
podemos"

"Så ser ni, frun, vi gör vårt bästa"
La Carta Cinco había estado mirando ansiosamente a través del jardín
Kort fem hade oroligt tittat ut över trädgården
En ese momento, la carta cinco gritó: "¡La reina! ¡La reina!"
I detta ögonblick ropade kort fem: "Damen! Drottningen!"
Y los tres jardineros se escabulleron al instante
Och de tre trädgårdsmästarna skyndade genast iväg
Y se arrojaron de bruces
och de kastade sig platt på sina ansikten
Se oyó el sonido de muchos pasos
Det hördes många fotsteg
Alicia miró a su alrededor, ansiosa por ver a la reina
Alice såg sig omkring, ivrig att få se drottningen
Al comienzo de la procesión había diez soldados
I början av processionen stod tio soldater
Sus manos y pies estaban en las esquinas
Deras händer och fötter var i hörnen
y en sus manos y pies había garrotes
och i deras händer och fötter hade de klubbor
Luego vinieron los diez cortesanos
Därnäst kom de tio hovmännen
Los cortesanos estaban adornados con diamantes
Hovmännen var överallt prydda med diamanter
Después de los cortesanos venían los hijos reales
Efter hovmännen kom de kungliga barnen
Eran diez los hijos de la realeza
Det fanns tio av de kungliga barnen
y todos los niños reales estaban adornados con corazones
Och alla de kungliga barnen var smyckade med hjärtan
Luego vinieron los invitados; en su mayoría reyes y reinas
Därefter kom gästerna; Mestadels kungar och drottningar
y entre los reyes y la reina, Alicia vio a alguien
och bland kungarna och drottningen såg Alice någon
Volvió a ver al conejo blanco que había perseguido
Hon såg åter den vita kaninen som hon hade jagat
La procesión fue seguida por la sota de los corazones

Processionen följdes av hjärtans knekt
Llevaba la corona del rey
Han bar kungens krona
**y la corona del rey estaba sobre un cojín de terciopelo
carmesí**
och kungens krona låg på en karmosinröd sammetskudde
Y entonces llegó el final de esta gran procesión
Och så kom slutet på denna storslagna procession
Y allí, al final, estaban el Rey y la Reina de Corazones
Och där i slutet var hjärter kung och drottning
la procesión venía frente a Alicia
processionen kom mitt emot Alice
Y todos se detuvieron y la miraron
Och de stannade alla och såg på henne
Y la reina dijo severamente: "¿Quién es éste?"
Och drottningen sade allvarligt: »Vem är detta?»
Se lo dijo a la Sota de Corazones
Hon sa det till Hjärter Knekt
**Pero él se limitó a hacer una reverencia y a sonreír en
respuesta**
Men han bara bugade och log till svar
Alicia habló muy cortésmente
Alice talade mycket artigt
"Mi nombre es Alicia, así que por favor, su majestad"
"Mitt namn är Alice, så snälla ers majestät"
Pero ella tenía otros pensamientos para sí misma
Men hon hade andra tankar för sig själv
"¡Después de todo, son solo un mazo de cartas!"
"De är ju bara en kortlek!"
"¿Sabes jugar al croquet?", gritó la reina
"Kan du spela krocket?" ropade drottningen
Era evidente que la pregunta iba dirigida a Alicia
Frågan var tydligen menad för Alice
-¡Sí! -dijo Alicia en voz alta-
"Ja!" sa Alice högt
—¡Ven a jugar! —rugió la reina—
»Kom och lek då!» röt drottningen

una voz tímida le habló a Alicia
en skygg röst talade till Alice
"¡Es un día muy hermoso!"
"Det är en mycket fin dag!"
Caminaba junto al conejo blanco
Hon gick förbi den vita kaninen
y el Conejo Blanco la miraba ansiosamente a la cara
och den vita kaninen tittade oroligt i ansiktet på henne
—Un día muy bueno —confirmó Alicia—
"En mycket vacker dag faktiskt", bekräftade Alice
—¿Dónde está la duquesa?
»Var är hertiginnan?»
"¡Silencio! ¡Silencio!", dijo el Conejo
"Tyst! Tyst!» sade kaninen
"Está condenada a muerte"
"Hon är dömd till avrättning"
—¿Por qué la ejecutan? —preguntó Alicia
"Varför blir hon avrättad?" frågade Alice
**—Le ha rayado las orejas a la reina —empezó a decir el
conejo—**
»Hon skrapade drottningens öron», började kaninen
—gritó la Reina con voz de trueno—
ropade drottningen med tordönsröst
"¡Vayan a sus lugares!"
"Gå till era platser!"
Y la gente empezó a correr en todas direcciones
och folk började springa åt alla håll
y todos tropezaron unos con otros
och de tumlade alla ihop mot varandra
Sin embargo, se calmaron en uno o dos minutos
Men de lugnade ner sig på en minut eller två
Y entonces comenzó el juego
Och sedan började spelet
Alicia nunca había visto un campo de croquet tan curioso
Alice hade aldrig sett en så märklig krocketplan
La hierba era todo crestas y surcos
Gräset var bara åsar och fåror

Las bolas de croquet eran erizos de verdad
Krocketbollarna var riktiga igelkottar
y los mazos eran flamencos de verdad
Och klubborna var riktiga flamingos
Y los soldados se pusieron de pie sobre sus manos y sus pies
Och soldaterna stod på händer och fötter
porque los arcos estaban hechos de sus cuerpos
eftersom bågarna var gjorda av deras kroppar
Todos los jugadores jugaron a la vez
Alla spelare spelade på en gång
Nadie esperó su turno
Ingen väntade på sin tur
y todos se peleaban con todos
och alla grälade med alla
y todos luchaban por los erizos
Och alla slogs om igelkottarna
Pronto la reina se vio presa de una furiosa pasión
Snart befann sig drottningen i en rasande passion
Y empezó a patalear y a gritar
Och hon började stampa omkring och skrika
"¡Córtale la cabeza!"
"Hugg av hans huvud!"
"¡Córtale la cabeza!"
"Hugg av hennes huvud!"
"¡Córtale la cabeza a todos!"
"Hugg huvudet av dem alla!"
De nuevo Alicia pensó para sí misma
Återigen tänkte Alice för sig själv
"Son terriblemente aficionados a decapitar a la gente aquí"
"De är fruktansvärt förtjusta i att halshugga folk här"
"¡La gran maravilla es que quede alguien vivo!"
"Det stora undret är att det finns någon kvar i livet!"
Buscaba alguna vía de escape
Hon såg sig om efter någon utväg att fly
Notó una curiosa apariencia en el aire
Hon lade märke till ett underligt utseende i luften
«Es el gato de Cheshire», se dijo a sí misma

»Det är Cheshirekatten», sade hon för sig själv
"Ahora tendré a alguien con quien hablar"
"nu har jag någon att prata med"
—¿Cómo te va? —preguntó el gato
"Hur står det till?" sa katten
—No creo que jueguen nada limpio —dijo Alicia—
"Jag tycker inte alls att de spelar rättvist", säger Alice
Y tenía un tono bastante quejumbroso
Och hon hade en ganska klagande ton
"Todos se pelean tan terriblemente"
"De grälar så förfärligt allihop"
"Uno no se oye hablar"
"Man kan inte höra sig själv tala"
"Y no parecen jugar con ninguna regla"
"Och de verkar inte spela efter några regler"
el gato le hizo una pregunta a Alicia en voz baja
katten ställde en fråga till Alice med låg röst
—¿Qué te parece la reina?
"Vad tycker du om drottningen?"
—No me gusta nada —dijo Alicia—
"Jag tycker inte alls om henne", sa Alice

Alicia pensó que sería mejor que volviera
Alice tänkte att hon lika gärna kunde gå tillbaka
Quería ver cómo iba el partido
Hon ville se hur det gick i matchen
Se fue en busca de su erizo
Hon gav sig iväg på jakt efter sin igelkott
El erizo estaba ocupado luchando contra otro erizo
Igelkotten var upptagen med att slåss mot en annan igelkott
Esta fue una excelente oportunidad
Detta var ett utmärkt tillfälle
Podía hacer croquet a un erizo con el otro
Hon kunde slå den ena igelkotten med den andra
Pero su flamenco estaba al otro lado del jardín
Men hennes flamingo var på andra sidan trädgården
El flamenco era bastante torpe
Flamingon var ganska klumpig
Su flamenco intentaba volar hacia un árbol
Hennes flamingo försökte flyga upp i ett träd
Atrapó al flamenco por la pierna
Hon fångade flamingon i benet
Y guardó el flamenco bajo el brazo
Och hon stoppade undan flamingon under armen
De esa manera, el flamenco no pudo escapar de nuevo
På så sätt kunde flamingon inte fly igen
Justo en ese momento Alicia se encontró con la duquesa
Just då råkade Alice träffa hertiginnan
La duquesa ya había salido de la cárcel
Hertiginnan var nu ute ur fängelset
Metió cariñosamente su brazo bajo el brazo de Alicia
Hon lade kärleksfullt armen under Alices arm
Y luego se fueron juntos
Och sedan gick de iväg tillsammans
Alicia se alegró mucho de encontrarla de tan buen humor
Alice var mycket glad över att finna henne på ett så behagligt
humör
Sin embargo, estaba un poco asustada
Hon blev dock lite skrämd

Oyó la voz de la duquesa cerca de su oído
Hon hörde hertiginnans röst tätt intill sitt öra
"Estás pensando en algo, querida"
"Du tänker på något, min kära"
"Y eso hace que te olvides de hablar"
"Och det gör att man glömmer att prata"
—El juego va bastante mejor ahora —dijo Alicia—
"Spelet går bättre nu", sa Alice
Era una forma de mantener la conversación
Det var ett sätt att hålla igång samtalet
-Así es -dijo la duquesa-
»Ja, det är så», sade hertiginnan
"Y la moraleja de eso es esta:"
"Och sensmoralen i det är denna:"
"¡Es el amor el que lo hace todo!"
"Det är kärleken som gör allt!"
"El amor es lo que hace que el mundo gire"
"Kärlek är det som får världen att gå runt"
Alicia tenía otra explicación
Alice hade en annan förklaring
**"¡Lo hace todo el mundo ocupándose de sus propios
asuntos!"**
"Det görs genom att var och en sköter sig själv!"
—¡Ah, bueno! Podrías tener razón"
"Nåväl! Du kan ha rätt"
-Todo significa lo mismo -dijo la duquesa-
»Det betyder ungefär samma sak», sade hertiginnan
y hundió su afilada barbilla en el hombro de Alicia
och hon borrade in sin vassa lilla haka i Alices axel
"Y la moraleja de eso es esta"
"Och sensmoralen i det är denna"
"Cuida el sentido"
"Ta hand om sinnena"
"Y entonces los sonidos se encargarán de sí mismos"
"Och då kommer ljuden att ta hand om sig själva"
Pero entonces el brazo de la duquesa empezó a temblar
Men då började hertiginnans arm att darra

Alicia alzó la vista y allí estaba la reina
Alice tittade upp och där stod drottningen
La reina tenía los brazos cruzados
Drottningen stod med armarna i kors
¡Y ella fruncía el ceño como una tormenta eléctrica!
Och hon rynkade pannan som ett åskväder!
—Te advierto —gritó la reina—
»Jag ger er en rättvis varning!» ropade drottningen
Y pisoteó el suelo mientras hablaba
Och hon stampade i marken medan hon talade
"O tu cabeza o la suya deben estar cortadas"
"Antingen ditt huvud eller hennes huvud måste vara av"
"¡Toma tu decisión!"
"Gör ditt val!"
"Y ser rápido al respecto"
"Och var snabb med det"
La duquesa hizo su elección
Hertiginnan gjorde sitt val
Y al cabo de un instante la duquesa se fue
Och inom ett ögonblick var hertiginnan borta
Entonces la reina le habló a Alicia
Sedan talade drottningen till Alice
"Sigamos con el juego"
"Låt oss fortsätta med spelet"
Alicia estaba demasiado asustada para decir una palabra
Alice var för rädd för att säga ett ord
Y la siguió lentamente hasta el campo de croquet
Och hon följde henne långsamt tillbaka till krocketplatsen
Todo el tiempo la Reina se peleó con los otros jugadores
Hela tiden grälade damen med de andra spelarna
"¡Córtale la cabeza!"
"Hugg av hans huvud!"
"¡Córtale la cabeza!"
"Hugg av hennes huvud!"
"¡Córtale la cabeza a todos!"
"Hugg huvudet av dem alla!"
Pronto todos los jugadores estaban bajo custodia

Snart var alla spelare häktade
solo quedaron el rey, la reina y Alicia
bara kungen, drottningen och Alice stannade kvar
Entonces la reina se marchó, casi sin aliento
Då gick drottningen, alldeles andfådd
y se fue con Alicia
och hon gick iväg med Alice
Alicia oyó que el rey decía algo en voz baja
Alice hörde kungen tyst säga något
"Estáis todos perdonados"
"Ni är alla benådade"
Pero de repente se oyó otro grito
Men plötsligt hördes ett nytt rop
"¡El juicio está comenzando!"
"Rättegången har börjat!"
y Alicia corrió con los demás
och Alice sprang tillsammans med de andra

¿Quién robó las tartas?
Vem stal tårtorna?
El rey y la reina de corazones estaban sentados
Hjärter kung och Hjärter Dam satt
estaban en su trono cuando llegó Alicia
de satt på sin tron när Alice anlände
Había una gran multitud reunida a su alrededor
En stor folkmassa hade samlats omkring dem
Había todo tipo de pajaritos y bestias
Där fanns alla möjliga små fåglar och djur
Y allí estaba toda la baraja de cartas
Och där var hela kortleken
La sota estaba de pie frente a ellos, encadenada
Knekten stod framför dem, i kedjor
y había un soldado a cada lado para custodiarlo
Och det fanns en soldat på var sida som vaktade honom
cerca del Rey estaba el conejo blanco
nära kungen var den vita kaninen
Tenía una trompeta en una mano
Han hade en trumpet i ena handen
y tenía un rollo de pergamino en la otra mano
Och i den andra handen hade han en pergamentrulle
En el centro del patio había una mesa
Längst mitt på gården stod ett bord
Sobre la mesa había un gran plato de tartas
På bordet stod ett stort fat med tårtor
«Ojalá hicieran el juicio», pensó Alicia
"Jag önskar att de kunde få rättegången klar", tänkte Alice
—¡Entonces podríamos comer algunos de esos refrescos!
"Då skulle vi kunna äta lite av den där förfriskningen!"

El juez, por cierto, era el rey
Domaren var förresten kungen
y llevaba su corona sobre su gran peluca
Och han bar sin krona över sin stora peruk
«Ésa es la tribuna del jurado», pensó Alicia
»Det där är jurybåset», tänkte Alice
"Y esas doce criaturas, supongo que son los miembros del jurado"
"Och de där tolv varelserna, jag antar att de är jurymedlemmarna"
algunos eran animales y otros eran pájaros
En del var djur och en del var fåglar
En ese momento el conejo blanco gritó
Just då skrek den vita kaninen till
"¡Silencio en la corte!"
"Tystnad i rätten!"
"¡Heraldo, lee la acusación!", dijo el rey
»Härold, läs anklagelsen!» sade konungen
El Conejo Blanco tocó tres veces la trompeta
Den vita kaninen blåste tre stötar på trumpeten
Luego desenrolló el rollo de pergamino
Sedan rullade han ut pergamentrullen
Y leyó lo siguiente:
Och han läste följande:
"La reina de corazones, hizo unas tartas"

"Hjärter dam, hon gjorde några tårtor"
"Todo esto lo hizo en un día de verano"
"Allt detta gjorde hon en sommardag"
"La sota de los corazones, robó esas tartas"
"Hjärter, han stal de där tårtorna"
—¡Y se llevó esas tartas muy lejos!
"Och han tog de där tårtorna långt bort!"
—Llama al primer testigo —dijo el rey—
»Kalla det första vittnet», sade konungen
y el conejo blanco tocó tres veces la trompeta
och den vita kaninen blåste tre stötar på trumpeten
"¡Traigan al primer testigo!", gritó
»Hit hit det första vittnet!» ropade han
El primer testigo fue el sombrerero
Det första vittnet var hattmakaren
Entró con una taza de té en una mano
Han kom in med en tekopp i ena handen
Y tenía un pedazo de pan con mantequilla en la otra mano
Och han hade en bit bröd och smör i den andra handen
—Tendrías que haber terminado —dijo el rey—
»Du borde ha slutat», sade kungen
—¿Cuándo empezaste?
"När började du?"
El sombrerero miró a la liebre de marcha
Hattmakaren tittade på den marscherande haren
La Liebre de Marzo lo había seguido hasta el patio
Marschharen hade följt honom in på gården
Había caminado del brazo del lirón
Han hade gått arm i arm med hasselmusen
—El catorce de marzo, creo que fue —dijo—
»Fjortonde mars, tror jag det var», sade han
—Da tu testimonio —dijo el rey—
»Giv ditt vittnesmål», sade konungen
"Y no te pongas nervioso, o te haré ejecutar en el acto"
"och var inte nervös, annars ser jag till att du avrättas på
fläcken"
Esto no pareció animar en absoluto al testigo

Detta tycktes inte alls uppmuntra vittnet
Seguía moviéndose de un pie al otro
Han flyttade sig hela tiden från den ena foten till den andra
Y miró inquieto a la reina
Och han såg oroligt på drottningen
Y, en su confusión, mordió un gran trozo de su taza de té
Och i sin förvirring bet han ut en stor bit ur sin tekopp
**En realidad, tenía la intención de morder de su pan y
mantequilla**
I själva verket tänkte han bita av sitt bröd och smör
**Justo en ese momento, Alicia sintió una sensación muy
curiosa**
Just i detta ögonblick kände Alice en mycket underlig känsla
Empezaba a crecer de nuevo
Hon började bli större igen
Al miserable sombrerero se le cayó la taza de té
Den eländige hattmakaren tappade sin tekopp
y el pan y la mantequilla cayeron al suelo
och brödet och smöret föll till marken
Y cayó sobre una rodilla
Och han föll på knä
—Soy un pobre hombre, majestad —comenzó—
»Jag är en fattig man, ers majestät», började han
—Eres un orador muy malo —dijo el rey—
»Du är en mycket dålig talare», sade kungen
—Puedes irte —dijo el rey—
»Du får gå», sade konungen
Y el sombrerero abandonó apresuradamente el patio
Och hattmakaren lämnade hastigt gården
—¡Llama al próximo testigo! —dijo el rey—
»Kalla nästa vittne!» sade konungen
El siguiente testigo fue el cocinero de la duquesa
Nästa vittne var hertiginnans kokerska
Llevaba la caja de pimienta en la mano
Hon bar pepparlådan i handen
**Y la gente que estaba cerca de la puerta empezó a estornudar
de repente**

Och människorna vid dörren började nysa på en gång
—Da tu testimonio —dijo el rey—
»Giv ditt vittnesmål», sade konungen
-No daré ninguna prueba -dijo el cocinero-
»Jag skall inte avge några bevis», sade kokerskan
El rey miró ansiosamente al conejo blanco
Kungen såg ängsligt på den vita kaninen
Y el conejo blanco habló en voz baja
Och den vita kaninen talade med lugn röst
"Su Majestad debe interrogar a este testigo"
"Ers Majestät måste korsförhöra detta vittne"
"Bueno, si debo, debo", dijo el rey
»Ja, om jag måste, så måste jag», sade konungen
"¿De qué están hechas las tartas?"
"Vad är tårtor gjorda av?"
—Las tartas están hechas de pimienta, en su mayoría —dijo
el cocinero—
"Tårtor är gjorda av peppar, för det mesta", sa kocken
Durante algunos minutos, toda la corte estuvo en confusión
Under några minuter var hela domstolen i förvirring
Con el tiempo, todos se calmaron de nuevo
Till slut lugnade de alla ner sig igen
Pero para entonces el cocinero había desaparecido
Men då var kocken försvunnen
"¡No importa!", dijo el rey
»Det gör detsamma!» sade konungen
"Llamar al estrado al próximo testigo"
"Kalla nästa vittne till vittnet"
Alicia observó al conejo blanco mientras él repasaba a
tientas la lista
Alice tittade på den vita kaninen när han fumlade över listan
Puedes imaginar su sorpresa por lo que escuchó a
continuación
Du kan föreställa dig hennes förvåning över vad hon fick höra
härnäst
con su vocecita estridente, llamó el nombre de «¡Alicia!»
med sin gälla lilla röst ropade han namnet "Alice!"

La evidencia de Alicia

Alices vittnesmål

-¡Aquí! -exclamó Alicia-

»Här!» ropade Alice

Se levantó de un salto a toda prisa

Hon hoppade upp i stor hast

Y volcó el estrado del jurado

och hon välte omkull jurybåset

y derribó a todos los miembros del jurado

Och hon knuffade omkull alla nämndemännen

y cayeron sobre las cabezas de la muchedumbre de abajo

Och de föllo ned på folkhopens huvuden nedanför

Alicia estaba muy consternada

Alice var mycket bestört

"¡Oh, le ruego que me perdone!", exclamó

»Åh, jag ber om ursäkt!» utbrast hon

—El juicio no puede continuar —dijo el rey—

»Rättegången kan icke fortsätta», sade konungen

"Los miembros del jurado deben volver a ocupar su lugar"

"Jurymännen måste komma tillbaka till sina rätta platser"

Repitió la orden con gran énfasis

Han upprepade ordern med stort eftertryck

y miró a Alicia con severidad

och han såg strängt på Alice

—¿Qué sabe usted de estos acontecimientos? —preguntó el rey a Alicia

"Vad vet du om de här händelserna?" frågade kungen Alice

—No sé nada sobre el tema —dijo Alicia—

»Jag vet ingenting om saken», sade Alice

Entonces el rey leyó de su libro

Kungen läste sedan ur sin bok

"Regla cuarenta y dos"

"Regel fyrtiotvå"

"Todas las personas que tengan más de una milla de altura deben abandonar el tribunal"

"Alla personer som är mer än en mil höga ska lämna gården"

—No mido ni una milla de altura —dijo Alicia—

—Bueno, me niego a ir —dijo Alicia—
"Jag vägrar att gå", sa Alice
El rey palideció
Kungen bleknade
Y cerró apresuradamente su cuaderno de notas
Och han slog hastigt igen sin anteckningsbok
"Consideren su veredicto", le dijo al jurado
"Tänk på er dom", sa han till juryn
Habló en voz baja y temblorosa
Han talade med låg, darrande röst
Entonces habló el conejo blanco
Då talade den vita kaninen
"Todavía hay más pruebas por venir"
"Det finns fler bevis att komma ännu"
Y se levantó de un salto a toda prisa
Och han hoppade upp i stor hast
"Este papel acaba de ser recogido"

"Det här pappret har precis plockats upp"
"Parece ser una carta escrita por el prisionero"
"Det verkar vara ett brev skrivet av fången"
Desdobló el papel mientras hablaba
Han vecklade ut papperet medan han talade
"Al fin y al cabo, no es una carta"
"Det är ju inte ett brev"
"Lo que era era un conjunto de versos"
"Det var en uppsättning verser"
—Por favor, majestad —dijo el bribón—
»Snälla, ers majestät», sade knekten
"Yo no escribí esos versos"
"Jag skrev inte de där verserna"
"y no pueden probar que yo escribí nada"
"och de kan inte bevisa att jag skrev något"
"No hay ningún nombre firmado al final"
"Det finns inget namn undertecknat i slutet"
El rey le habló a la sota
Konungen talade till knekten
"Debes haber tenido la intención de causar algún daño"
"Du måste ha haft för avsikt att ställa till med något ofog"
**"De lo contrario, habrías firmado con tu nombre como un
hombre honrado"**
"Annars skulle du ha skrivit ditt namn som en ärlig man"
Hubo un aplauso general
Det hördes en allmän handklappning
Y el rey se volvió hacia el conejo blanco
Och kungen vände sig till den vita kaninen
—Lee los versos —ordenó—
"Läs verserna", beordrade han
Hubo un silencio sepulcral en la corte
Det var dödstyst i rättssalen
Y el conejo blanco leyó los versos
och den vita kaninen läste upp verserna
Me dijeron que habías estado con ella
De sa att du hade varit hos henne
Y me mencionaron a él

Och de nämnde mig för honom
Ella me dio un buen carácter
Hon gav mig en bra karaktär
Pero ella dijo que yo no sabía nadar
Men hon sa att jag inte kunde simma
Les mandó decir que yo no había ido
Han sände dem bud om att jag inte hade gått
Sabemos que es verdad
Vi vet att det är sant
Si ella insistiera en el asunto, ¿qué sería de ti?
Om hon skulle driva frågan vidare, vad skulle det då bli av
dig?
Yo le di uno, ellos le dieron dos
Jag gav henne en, de gav honom två
Nos diste tres o más
Du gav oss tre eller fler
Todos volvieron de él a ti
De har alla vänt tillbaka från honom till dig
aunque antes eran míos
trots att de var mina förut
Si yo o ella tuviéramos la oportunidad de serlo
Om jag eller hon skulle råka bli det
Si yo o ella estuviéramos involucrados en este asunto
Om jag eller hon var inblandad i den här affären
Él confía en ti para liberarlos
Han litar på att du ska befria dem
Exactamente como estábamos
Precis som vi var
Mi idea era que tú habías sido
Min föreställning var att du hade varit
Antes de que ella tuviera este ataque
Innan fick hon det här anfallet
Un obstáculo que se interpuso entre
Ett hinder som kom emellan
A Él, y a nosotros mismos, y a
Honom, och oss själva, och det
No le dejes saber que a ella le gustaban más

Låt honom inte veta att hon gillade dem bäst

Porque esto debe ser para siempre un secreto, guardado de todos los demás

Ty detta måste för alltid vara en hemlighet, hemlig för allt det andra

Este secreto debe seguir siendo un secreto entre tú y yo

Denna hemlighet måste förbli en hemlighet mellan dig och mig

El rey quedó muy impresionado

Kungen var mycket imponerad

"Esa es la prueba más importante que hemos escuchado hasta ahora"

"Det är det viktigaste beviset vi har hört hittills"

—No creo que esos versos tengan un átomo de significado — objetó Alicia—

"Jag tror inte att de där verserna har en atom av mening", invände Alice

el rey tenía su propia opinión al respecto

Kungen hade sin egen åsikt i frågan

"Si no hay significado en esas palabras, eso salva un mundo de problemas"

"Om det inte finns någon mening med de orden, sparar det en värld av problem"

"Entonces no necesitamos tratar de encontrar el significado"

"Då behöver vi inte försöka hitta meningen"

"Que el jurado considere su veredicto"

"Låt juryn överväga sin dom"

-¡No, no! -dijo la reina-

»Nej, nej!« sade drottningen

"Primero la sentencia y después el veredicto"

"Dom först – dom sedan"

-¡Tonterías y tonterías! -exclamó Alicia en voz alta-

"Struntprat!" sa Alice högt

"¡Qué tontería es sentenciar al acusado primero!"

"Hur dumt är det inte att döma den tilltalade först!"

—¡Cállate la lengua! —dijo la reina, poniéndose morada—

»Håll tyst!» sade drottningen och blev purpurröd

-¡No me callaré! -exclamó Alicia-

"Jag tänker inte tiga!" sa Alice

—gritó la Reina a voz en cuello—

skrek drottningen så högt hon kunde

"¡Córtale la cabeza!"

"Hugg av hennes huvud!"

Nadie hizo un movimiento

Ingen gjorde en rörelse

-¿A quién le importa lo que digas? -dijo Alicia-

"Vem bryr sig om vad du säger?" sa Alice

Para entonces ya había crecido hasta alcanzar su tamaño completo

Hon hade vuxit till sin fulla storlek vid det här laget

"¡No eres más que un mazo de cartas!"

"Du är inget annat än en kortlek!"

Al oír esto, todas las cartas se alzaron en el aire

Då flög alla korten upp i luften

Y todas las cartas cayeron volando sobre ella

och alla korten flögo ned över henne
Ella dio un pequeño grito
Hon gav till ett litet skrik
Estaba medio asustada, pero también enojada
Hon var halvt rädd, men också arg
Y trató de quitarse las cartas de encima
Och hon försökte kämpa bort korten från sig själv
Y entonces se encontró tendida en el banco de hierba
Och så fann hon sig själv liggande på gräsvallen
Su cabeza estaba en el regazo de su hermana
Hennes huvud låg i knät på hennes syster
Algunas hojas muertas habían caído en su cara
Några döda löv hade landat på hennes ansikte
Y su hermana estaba cepillando suavemente las hojas
och hennes syster borstade försiktigt bort löven
-¡Despierta, querida Alicia! -dijo su hermana-
»Vakna, kära Alice!» sade hennes syster
—¡Qué sueño tan largo has tenido!
"Vilken lång sömn du har haft!"
-¡Oh, he tenido un sueño tan curioso! -exclamó Alicia-
"Åh, jag har haft en så underlig dröm!" sa Alice
Y le contó a su hermana todo lo que podía recordar
Och hon berättade för sin syster allt hon kunde komma ihåg
todas las extrañas aventuras sobre las que acabas de leer
alla märkliga äventyr som du just har läst om
Alicia se levantó y salió corriendo
Alice reste sig och sprang iväg
Y pensó, mientras corría, en su sueño
Och medan hon sprang tänkte hon på sin dröm
—¡Qué sueño tan maravilloso había sido!
"Vilken underbar dröm det hade varit!"

www.ingramcontent.com/pod-product-compliance
Lightning Source LLC
Chambersburg PA
CBHW011051190726
48290CB00011B/3105